CHONGWENGUAN

读古人书　友天下士

百余年前，崇文书局于武昌正觉寺开馆刻书，成晚清四大书局之一。所刻经籍，镌工精雅，数量众多，流布甚广，影响巨大。为赓续前贤，倡明国学，弘扬文化，本局现致力于传统典籍的出版。既专事文献整理，效力学术；亦重文化普及，面向大众。或经学，或史论，或诸子，或诗词，各成系列，统一标识，名之为"崇文馆"。

崇文馆

中国古典诗词校注评丛书

张先诗词全集【汇校汇注汇评】

邱美琼　胡建次　编著

长江出版传媒　崇文书局

中国古典诗词校注评丛书
编撰委员会

序 言

张先(990—1078),字子野,乌程(今浙江湖州)人。张先祖父张任,生平宦迹无从考证。父亲张维,在《湖州地方志》中略有零散记载。张维(956—1046),北宋诗人,因子贵而获赠尚书刑部侍郎,官四品。著作有《曾乐轩集》,已佚,今存《曾乐轩吟稿》一卷,录诗歌13首。周密《齐东野语》卷一五记载,张先幼时贫,其父"少年学书,贫不能卒业,去而躬耕以为养",后"以子封至正四品"。

张先,《宋史》无传,《宋史翼》卷二六载其事。其事迹详见夏承焘《张子野年谱》(载《唐宋词人年谱》)所考。张先为宋仁宗天圣八年(1030)进士,与欧阳修同榜。明道元年(1032)为宿州掾。康定元年(1040)以秘书丞知吴江县,次年为嘉禾判官。皇祐二年(1050),晏殊知永兴军,辟为通判。后以屯田员外郎知渝州,又知虢州。因曾知安陆,故人称张安陆。嘉祐四年(1059)以尚书都官郎中致仕,元丰元年(1078)卒,享年89岁。

张先一生中,官运是不通达的,但是也没有什么人生的起伏与挫折。他年寿特长,精力旺盛,一直都是流连风光,听歌逐舞,优游岁月。他的创作以词为主,内容大多为男欢女爱、相思离别,以及封建士大夫的闲适生活。他与北宋初中期文人多有交往和词作唱和,颇受人们推崇,是北宋前期重要词人之一。

张先词意韵恬淡,意象繁富,内在凝练,在词史上有着突出的地位和深远的影响。清末词学家陈廷焯在《词坛丛话》里评张先词云："才不大而情有余，别于秦、柳、晏、欧诸家，独开妙境，词坛中不可无此一家。"在《白雨斋词话》中又说："张子野词，古今一大转移也。前此则为晏、欧，为温、韦，体段虽具，声色未开。后此则为秦、柳，为苏、辛，为美成、白石，发扬蹈厉，气局一新，而古意渐失。子野适得其中，有含蓄处，亦有发越处；但含蓄不似温、韦，发越亦不似豪苏腻柳。规模虽隘，气格却近古。自子野后，一千年来，温、韦之风不作矣，益令我思子野不置。"从词的体制、风格、意境等方面深中肯綮地指出了张先在词史上承上启下的"古今一大转移"的地位。

这个"转移"主要体现在词的体制上。张先既工小令，又工慢词。他的小令韵致高远、情深意古，在宋初小令中独具特色；他的慢词又将小令作法带入其中，有着慢词的篇幅又不失远韵，能与柳永的慢词成分庭抗礼之势。

宋初的小令以晏殊、欧阳修、张先等为代表，擅长以短制写深情，追求词的韵致，达到言尽而意无穷的艺术效果。但仔细分析，其中又有所不同：晏殊、欧阳修的小令更多的是继承了冯延巳的词风，多"缘情体物"，寓情于景物书写中，抒发其士大夫文人的情怀，表现对社会、人生的理性思考；张先小令则主要是对韦庄小令的继承与发展，以诗歌的表现手法写词，有时还借用民歌的写法，以叙事来展现相思别离之情。如他的《醉垂鞭》词："双蝶绣罗裙，东池宴，初相见。朱粉不深匀，闲花淡淡春。　　细看诸处好，人人道，柳腰身。昨日乱山昏，来时衣上云。"整首词叙述自己初见女子时，在视觉与感觉上得到的美感。作者凝结于笔端的感情是充沛的，于叙事之中，处处表达自己对女子的赞美与好感。

张先小令不重物态的具体刻画，讲究突出事物风神，以此传达情感，这点上也和韦庄一脉相承。人们一直以来津津乐道的"张三影"之说，即是对其擅长刻画事物动态与风神的精妙概括。胡仔

《苕溪渔隐丛话》引《古今诗话》云："有客谓子野曰：'人皆谓公张三中，即心中事、眼中泪、意中人也。'公曰：'何不目之为张三影？'客不晓。公曰：'云破月来花弄影；娇柔懒起，帘压卷花影；柳径无人，堕风絮无影：此余平生所得意也。'"清代周曾锦《卧庐词话》又说："张子野词：'云破月来花弄影'，'娇柔懒起，帘压卷花影'，'柳径无人，堕飞絮无影'，人因目之为'张三影'。余按子野词，又有句云：'隔墙送过秋千影。'又云：'中庭月色正清明，无数杨花过无影。'又诗句云：'浮萍破处见山影。'语并精妙，然则不止三影也。此公专好绘影，亦是一癖。又按'柳径无人'二句，子野词集作'柔柳摇摇，堕轻絮无影'。"确实，在张先的小令中，如其"三影"名句一样略貌取神，刻画事物丰神情韵的作品是很多的。如有"无数杨花过无影"句的《木兰花》词："龙头舴艋吴儿竞。笋柱秋千游女并。芳洲拾翠暮忘归，秀野踏青来不定。　　行云去后遥山暝。已放笙歌池院静。中庭月色正清明，无数杨花过无影。"词作上片以人物之活动写动境，下片由动转静，以物之颜色、声音来衬静，尤其是最后一句，以杨花（即柳絮）飞过无影，呈现整个庭院的一片朦胧。确实是略貌取神，以影传花之朦胧、院之朦胧。

张先还学习民歌技法，创作了一些小令。这些作品脱却花间的秾艳词风，显现出清丽自然的特色。如《菩萨蛮》："忆郎还上层楼曲。楼前芳草年年绿。绿似去时袍。回头风袖飘。　　郎袍应已旧。颜色非长久。惜恐镜中春。不如花草新。"夏敬观《映庵词评》称之为"古乐府作法"，即学习民歌乐府的做法。词作上片写女主人公回忆情郎登高楼时的情景；下片回到眼前，感叹情郎离开如此之久，以及自己的青春逝去，容颜不再。整首词与民歌写法相类似，语言通俗易懂，又情深意切。

小令毕竟受限于篇幅的短小，不能容纳日益丰富的社会生活和人们愈加复杂的情感，于是以柳永为代表的词人开始通过增加字句、创制新调等手法，创作慢词。慢词以铺叙手法取胜，淋漓尽致地抒发了人们的思想感情，但难掩平铺直叙、单调乏味之弊端。张先则"以小令作法写慢词"，弥补了慢词直白单调的不足，保存了词体含蓄悠远的韵味。

张先创作了慢词17首，约占其所作词的十分之一，有《山亭宴慢》2首、《谢池春慢·玉仙观道中逢谢媚卿》、《宴春台慢·东都春日李阁使席上》、《卜算子慢》、《喜朝天·清暑堂赠蔡君谟》、《破阵乐·钱塘》、《倾杯·吴兴》、《少年游慢》、《熙州慢·赠述古》、《剪牡丹·舟中闻双琵琶》等。张先的慢词篇幅普遍较为短小，相对于柳永多用长调，张先则喜欢用中调。如《谢池春慢·玉仙观道中逢谢媚卿》共10句，90字；《卜算子慢》共9句，89字。在张先的词当中，《破阵乐·钱塘》共10句，有134字，是其长调中字数最多的，也是张先慢词中篇幅最长的。然而，张先的慢词虽篇幅较短，却极富远韵。如《谢池春慢·玉仙观道中逢谢媚卿》："缭墙重院，时闻有、啼莺到。绣被掩余寒，画幕明新晓。朱槛连空阔，飞絮无多少。径莎平、池水渺。日长风静，花影闲相照。　　尘香拂马，逢谢女、城南道。秀艳过施粉，多媚生轻笑。斗色鲜衣薄，碾玉双蝉小。欢难偶，春过了。琵琶流怨，都入相思调。"词作上片写景，主要是谢媚卿住处的围墙重院、华美帐幕、声声啼莺、满路野草、纷飞柳絮，极力烘托谢女的孤独寂寞。下片写人，两人相逢于城南，落花满地，尘带花香，女子艳丽妩媚，面带浅笑，鲜衣玉饰，形态仪容让词人倾慕不已。接着以"欢难偶，春过了"暗含词人的追悔与遗憾，而"琵琶流怨"，则将千万思绪尽归于相思调中，言有尽而意无穷。词作运用铺叙手法书写景物和外在环境，将情感寓于所叙之物境中，直至最后一句道出词旨，有效地避免了相思之意抒发的直白浅露。这正是借鉴了小令"淡而艳、浅而深、近而远"的写法，平淡叙写中有无限远韵。

张先以小令作法写慢词还体现为注重警句的锤炼,从人们对他的称谓"张三中"、"张三影"、"桃杏嫁东风郎中"之中,可见对他的词作警句的欣赏与肯定。张先重视词中警句的锤炼,也极为注重词作结句的锤炼。如他的《一丛花令》末句"沉恨细思,不如桃杏,犹解嫁东风",称桃杏在风中"飞絮濛濛"为"解嫁",韵味无穷,这也为张先赢得了"桃杏嫁东风郎中"的雅号。贺裳《皱水轩词筌》中曾评此句道:"此皆无理而妙,吾亦不敢定为所见略同,然较之'寒鸦数点',则略无痕迹矣。"认为词句自然而无雕琢之痕迹,韵味无穷。

张先慢词善于以灵动的警句来增添词作韵味,克服了慢词平铺直叙而缺少韵味的缺失,这些对后来的晏几道、秦观、苏轼、周邦彦、姜夔等都有积极的影响。

此外,张先还在词中大量运用题序,将日常生活引入词作,适应了词之唱和的需要,丰富了词的写作题材,促进了词的交际功能,同时直接影响到后世词人在词作中采用题序的写法。

宋初词坛,人们较少使用题序,多是偶尔用之,也仅仅是对写作时间与地点的简单介绍,句少体短。张先首先大力进行尝试,成为北宋第一个大量运用题序的词人。张先词的题序,多交代其写作的时间、地点、原因、相关人物与相关事件等。这些题序的引入,大大增强了词的叙事功能,也使词能够更好地写眼前景、身边事,词作题材取向逐渐贴近作者的日常生活,增强了词的纪实性和现实性。并且,张先大量用词写日常生活,并用之进行唱和赠答,改变了以前文士日常交际中以正统诗体唱和的局面,开拓了词的交际能力,扩大了词的实用功能。

张先诗歌现存 28 首(包括断句),形式以近体为主,多七言,较单调,风格"甚典而丽",但其题材内容相对比较广泛。其中酬唱宴咏诗和写景抒情诗占的比重较大,共 14 首,占全部的二分之一,此外还有咏史咏物诗 5 首、纪游诗 3 首、感怀诗 2 首、爱情诗 2 首、节序诗 1 首、悼亡诗 1 首。从创作的背景来看，主要集中在吴中地区，多是张先早期为官时及致仕后与杭湖两地官员和退隐的词客诗人饮酒唱和时所作。

张先诗歌酬唱内容写的都是文人士大夫的日常生活，如游玩、饮酒、赋诗等，诗中喜用花、雨、溪、水、桥、月、柳、影、画之类意象。酬唱的对象多是来湖杭及周边做官者或隐居文人，如蔡襄、马仲甫、元居中、祖无择、苏轼、梅尧臣、王安石等，交友十分广泛。酬唱的主题思想除了对当时场景的描绘和对友人的情感，还蕴含自己的志向，追求闲适淡泊的人生，语言平实，意蕴深远。

张先的写景抒情诗有着强烈的主观情感，涉及的景物巨至高山大川，细至花鸟草木，动如小桥流水，静如月影花香，平静淡泊，主要抒发自己对人生的深刻感悟。

尽管张先留存的诗歌作品不多，但还是有一些独具的艺术特色的，如意象清新、善造妙境，平淡闲适，意蕴深远，化诗入词，诗词互见，等等。

张先的作品，《嘉泰吴兴志》谓有文集一百卷，仅词集《张子野词》行于世。《张子野词》早在南宋末年之前就已经结集流传，陈振孙《直斋书录解题》卷二一著录："《张子野词》一卷，都官郎中吴兴张子野撰。"现仅知其为南宋嘉定间长沙书坊刻本，内容不详。马端临《文献通考·经籍考》卷二四六也有同样著录。宋刻《张子野词》久佚，今传《张子野词》皆为明清钞刻本。

明代所传《张子野词》版本有：一、杨士奇《文渊阁书目》著录有《张子野集》一部二册（阙）。二、明钞本吴讷《唐宋名贤百家词》中《张子野词》一卷，今藏天津图书馆。三、赵用贤《赵定宇书目》著录有《张子野词》一本。四、陈第《世善堂藏书目录》著录有《张子野词》一卷。五、明钞本《张子野词》一卷，清丁丙跋，十行十八字、黑格白口、四周双边。今藏南京图书馆。丁丙跋云:"《直斋书录解题》载《子野词》一卷。自明以来久罕见流传。汲古阁刻《六十家词》亦无先集。四库著录者乃安邑葛鸣阳所辑,名《安陆集》,凡诗八首,词六十八首。右明珍本词一百二十九阕后附东坡题跋,较为完善。侯文灿编《名家词》十卷,阮文达尝推之天府,此即名家词中之一也。"(《善本书室藏书志》)此明钞本即为后来侯氏亦园刻《十名家词集》本《张子野词》之底本。

清代所传《张子野词》版本主要有两个系统:《张子野词》系统与《安陆集》系统。

《张子野词》系统包括一卷本、四卷本。

一、一卷本:(1)清钞《宋元名家词钞二十二种》本《张子野词》一卷,今藏上海图书馆。清康熙二十八年(1689),侯氏亦园刻《十名家词集》本《子野词》一卷,侯文灿编,九行二十一字、白口、左右双边、版心下镌亦园藏本,今藏国家图书馆、北京大学图书馆、清华大学图书馆、上海图书馆、南京图书馆、福建省图书馆、湖南省图书馆等。侯刻本《张子野词》收词 130 首,后鲍刻本《张子野词》即据此本以补其所得绿斐轩钞本之不足。光绪间金武祥辑《粟香室丛书》本《张子野词》乃以侯刻本为底本,并据鲍刻本以改补。(2)黄丕烈《荛圃藏书题识》著录有《张子野词》一卷,为常熟钱孙艾(颐仲)写本。"是书栏格傍有幽吉堂三字,卷中有'颐仲'、'钱孙艾'二印,'彭城'一印,'钱氏幽吉收藏印记'一印。"(3)钱曾《也是园书目》著录有《子野词》一卷。(4)钱曾《述古堂藏书目》卷二著录有《张子野词》一卷。(5)刘喜海辑《宋元人小词》本《张子野词》一卷。

二、四卷本:(1)《张子野词》二卷、《补遗》二卷,鲍氏《知不足斋丛书》刻本(乾隆至道光本、影乾隆至道光本),用绿斐轩钞本,共105 首,又《补遗》二卷,乃鲍氏从侯本及诸家采辑共 79 首,合计得词 184 首。今藏国家图书馆。鲍氏跋云:"张都官以歌词擅名当代,与柳耆卿齐名。尤以韵高见推同调,三中三影,流声乐府,至今艳称之。而《安陆集》独见遗于汲古阁《六十家词》刻之外,诚词坛憾事也。顷得绿斐轩钞本二卷,几百有六阕,区分宫调,犹属宋时编次,(按:叶恭绰藏有绿斐轩所刊《词林要韵》,中缝悉写绍兴二年[1132]刊)喜付汗青。既又得亦园《十家乐府》所刊,去其重复,得六十三阕。诸家选本中,采辑一十六阕,次为《补遗》二卷,合计得词一百八十四阕,于是子野词收拾无遗矣。昔东坡先生称子野诗笔老妙,可以追配古人,歌词乃其余事。惜全集久亡,无从缀辑以存其梗概耳。乾隆戊申腊月朔(乾隆五十三年,1788),歙鲍廷博识。"(2)《张子野词》二卷、《补遗》二卷,清钞本,八行十八字、黑格白口、左右双边,今藏北京大学图书馆。(3)《张子野词》二卷、《补遗》二卷,《彊村丛书》本,朱祖谋编,其稿本以丁氏嘉惠堂钞本作底本,重编并据鲍本校刊,十一行二十字、黑口、左右双边。今藏上海图书馆。(4)《张子野词》二卷、《补遗》二卷,《艺苑丛钞》稿本,王藉编,今藏湖北省图书馆。

《安陆集》系统主要有:乾隆四十六年(1781),葛鸣阳刻《张氏丛书三种七卷》本《安陆集》一卷、《附录》一卷(有跋语),今藏西华师范大学图书馆。北京大学图书馆、中国人民大学图书馆、南开大学图书馆、山西师范大学图书馆、黑龙江大学图书馆、湖北省图书馆、华中师范大学图书馆等也收藏有葛鸣阳刻本《安陆集》一卷。上海图书馆还收录有戈襄校葛鸣阳刻本《安陆集》一卷。

《四库全书》本也是据葛鸣阳刻本以收录,仍作《安陆集》一卷、《附录》一卷。词68首,诗8首。《四库全书总目提要》云:"此本乃近时安邑葛鸣阳所辑,凡诗八首,词六十八首。其编次虽以诗列词前,而为数无几。今从其多者为主,录之于词曲类中。"后道光间,黄锡庆刻汪潮生辑《安陆集》一卷、《补遗》一卷、《附录》一卷本,此本九行十九字、黑口、左右双边,今藏国家图书馆、广东省中山图书馆。光绪八年（1882），淮南书局又重刻葛鸣阳本，淮南书局本今藏上海图书馆、日本京都大学图书馆。此外，还有鲍氏知不足斋抄本《安陆集》所收词四卷（存卷二至四），今藏上海图书馆。

此外，还有清钞《两宋名贤小集》本《张都官集》一卷，宋陈思编，元陈世隆补，目录为清孔继涵钞补，九行二十一字或十行十八字、无格。今藏重庆市图书馆。

以上各本中，朱祖谋《彊村丛书》本，最为完善，末附苏轼、鲍廷博、黄锡禧诸跋，并有朱氏校记及跋语。本书以《彊村丛书》本为底本，校以明吴讷本、清侯文灿本以及《乐府雅词》诸宋明选本，分编年词、未编年词，收录张先词179首。

关于张先的诗，《宋史·艺文志》著录张先诗二十卷。陈思辑《两宋名贤小集》卷四八有《张都官集》一卷，收诗才6首。周密《齐东野语·张氏十咏图》谓其家"偶藏子野诗一帙，名《安六集》，旧京本也，乡守杨嗣翁见之，因取刻之郡斋"。绍兴间改定的《宋秘书省续编到四库阙书目》卷一录《张子野集》十二卷，而今夏承焘先生说"《绍兴书目》此书不著撰人，或非子野一人诗"对此否定。《永乐大典》卷二二六四录有《张子野集》诗3首；卷五八三九录其诗1首，此外，尚有多处引其诗，共录得张先诗15首。《嘉泰吴兴志》记载张先"有文集一百卷，唯乐府传于世"。《通志·艺文略》录张先《湖州碧澜堂诗》一卷。《文渊阁书目》录《张子野集》，谓"一部，二册，阙"，此后未见著录。葛鸣阳辑《安陆集》，诗8首。厉鹗《宋诗纪事》卷一二录张先诗5首、4断句。今《四库全书》集部词曲类收有《安陆集》，附张先诗8首。夏承焘在《唐宋词人年谱·张子野年谱》虽未专题辑录张先诗，但明确考列出张先部分佚诗所存典籍并在年谱中有所引。罗忼烈根据《永乐大典》及一些方志和其他若干典籍补辑张先诗24首、8断句。

迄今为止，整理张先诗词最全的是1996年浙江古籍出版社出版的吴熊和、沈松勤校注的《张先集编年校注》,此书共录张先词179首,诗28首,文1篇。本书在汇注中多有参考。

本书收录的作品按词、诗分别编排,在诗词中能考订写作时间的则按写作时间先后次序编排,无法编年的按底本顺序编排。

本书的题解,一是考订写作时间,二是对作品中人物、事件及所蕴含的情感进行解说。本书的注释,主要注明作品中用典、名物及各版本间的异文。对于诗词出处、他人诗词的用例,也尽量予以指出。本书的汇评,主要辑录了自五代至清的重要评论家的评说,其来源有词话、诗话、词选、诗选等,个别也辑录了近现代评论家的评说,如张伯驹《丛碧词话》、方成培《香研居词尘》、俞陛云《唐五代两宋词选释》、夏敬观《映庵词评》、唐圭璋《唐宋词简释》等。

本书在编撰过程中,参考了诸多前辈时贤的研究成果,限于体例,不能一一注明,在此一并致谢。由于笔者学识有限,时间也紧迫,疏漏之处,望方家不吝指正。

目　录

词

2

6

诗

词

编年词

偷声木兰花

曾居别乘匡吴俗①。民到于今歌不足。骊驭征鞭②。一去东风十二年。　　重来却拥诸侯骑③。宝带垂鱼金照地④。和气融人。清雪千家日日春⑤。

【题解】

此词《历代诗余》卷二二调作《上行杯》,注云:"即偷声木兰花也。"根据词中"曾居别乘匡吴俗"和"一去东风十二年。重来却拥诸侯骑",可知是赠湖州知州,并且此人十二年前为湖州通判。据《嘉泰吴兴志》卷一四《郡守题名》及卷八《公廨》注引《题名记》,符合上述条件的只有王羲,所以张先此词当作于天圣七年(1029)王羲任知湖州时。

【注释】

①别乘:别驾,通判的别称。汉时设置,为州刺史的佐官。隋初废郡存州,改别驾为长史。唐初改郡丞为别驾,高宗又改别驾为长史,另以皇族为别驾,后废置不常。宋各州的通判,职任似别驾,后世因以别驾为通判之习称。

②骊驭:并驾。张衡《西京赋》:"骊驾四鹿,芝盖九葩。"

③诸侯骑:意谓州郡长官。《汉书·王嘉传》:"今之郡守,重于古诸侯。"

④垂鱼:佩带鱼袋。唐制五品以上官员于腰间佩带金银鱼袋为饰。《资治通鉴·唐代宗大历十四年》:"出则因服就辩,入则拥笏垂鱼。"胡三省注:"唐高宗给五品以上随身鱼银袋,以防召命之诈,三品以上金饰袋。天授二年,改佩鱼为龟。中宗罢龟,复给以鱼。郡王、嗣王亦佩金鱼袋。"苏轼

3

《苏子容母陈夫人挽词》诗："不须拥箦强垂鱼,我视去来皆梦尔。"

⑤清霅(zhà):即霅溪,是浙江湖州境内的一条河流。"霅"是形容水流激越的声音。东苕溪与西苕溪发源于天目山,分流至湖州后汇合,溪水湍急,霅然有声,因名霅溪。清光绪《乌程县志》："霅川漫流群山,环列秀气可掬,城中二溪横贯,此天下所无。"

塞垣春

寄子山

野树秋声满。对雨壁、风灯乱①。云低翠帐,烟销素被,签动重幔②。甚客怀、先自无消遣③。更篱落、秋虫叹。叹樊川、风流减④。旧欢难得重见。　　停酒说扬州,平山月、应照棋观⑤。绿绮为谁弹⑥,空传《广陵散》⑦。但光纱短帽,窄袖轻衫,犹记竹西庭院⑧。老鹤何时去⑨,认琼花一面⑩。

【题解】

此词诸本未收,赵万里《校辑宋金元人词·宋金元名家词补遗》据《永乐大典》卷一四三八一"寄"字韵引《张子野词》补录。题中"子山"即沈邈,信州弋阳人,宝元二年(1039)知真州。词作提及平山月照等,即指沈邈在真州,因此,该词应是宝元二年寄沈邈之作。

【注释】

①风灯:风中灯火。

②签:签筹,更筹,古代夜间计时报更的竹签。

③甚:正,真。

④樊川:晚唐诗人杜牧,字牧之,号樊川居士。他在扬州牛僧孺幕中掌书记期间,风流倜傥,多作狭斜游,自作《遣怀》诗云:"落魄江南载酒行,楚腰肠断掌中轻。十年一觉扬州梦,赢得青楼薄幸名。"

4

⑤平山:指扬州平山。因山势绵亘平缓,故名。庆历间,郡守欧阳修于蜀冈建平山堂,其《朝中措》词云:"平山阑槛倚晴空,山色有无中。"应照棋观:贾岛《欲游嵩岳留别李少尹益》诗:"新秋爱月愁多雨,古观逢仙看尽棋。"

⑥绿绮:古琴名。傅玄《琴赋序》:"楚庄王有鸣琴曰绕梁,司马相如有琴曰绿绮,蔡邕有琴曰焦尾,皆名器也。"相传绿绮通体黑色,隐隐泛着幽绿,有如绿色藤蔓缠绕于古木之上,故名。

⑦广陵散:曲名,又名《广陵止息》,用琴、筝、笙、筑等乐器演奏,是古代大型琴曲。刘义庆《世说新语·雅量》:"嵇中散(康)临刑东市,神气不变,索琴弹之,奏《广陵散》。曲终曰:'袁孝尼尝请学此散,吾靳固不与,广陵散于今绝矣!'"

⑧竹西:扬州竹西亭,得名于杜牧《题扬州禅智寺》:"谁知竹西路,歌吹是扬州。"王象之《舆地纪胜》:"扬州竹西亭在北门外五里。"

⑨老鹤:用丁令威化鹤典故。旧题陶潜《续搜神记》卷一:"丁令威本辽东人,学道于灵虚山。后化鹤归辽,集城门华表柱。时有少年举弓欲射之,鹤乃飞,徘徊空中而言曰:'有鸟有鸟丁令威,去家千年今始归。城郭如故人民非,何不学仙冢垒垒。'遂高上冲天。"

⑩琼花:王禹偁《后土庙琼花二首》序:"扬州后土庙有花一枝,洁白可爱,且其树大而花繁,不知实何木也,俗谓之琼花云。"

天仙子

时为嘉禾小倅,以病眠不赴府会

《水调》数声持酒听①,午醉醒来愁未醒。送春春去几时回。临晚镜,伤流景②,往事后期空记省③。　　沙上并禽池上暝④,云破月来花弄影⑤。重重帘幕密遮灯⑥。风不定,人初静,明日落红应满径⑦。

题序中的"小倅"指判官等幕职官,此词当作于庆历三年(1043)春,张先为秀州判官时。

【注释】

①水调:曲调名。传说隋炀帝杨广开凿大运河曾作《水调》,后发展为宫廷大曲。杜牧《扬州》诗:"谁家唱《水调》,明月满扬州。"自注:"炀帝凿汴渠成,自造《水调》。"

②流景:像水一样的年华,逝去的光阴。武平一《妾薄命》诗:"流景一何速,年华不可追。"

③后期:意谓以后的约会。《唐宋诸贤绝妙词选》卷五、《安陆集》作"悠悠"。

④并禽:成对的禽鸟,此指鸳鸯。吴景奎《拟李长吉十二月乐辞·四月》:"并禽不受雕笼宿,背人飞向荷阴浴。"

⑤"云破"句:白居易《三游洞序》:"云破月出,光气含吐,互相明灭,晶莹玲珑,象生其中。"

⑥帘幕:《乐府雅词》卷上、《花草粹编》卷七、《安陆集》作"翠幕"。

⑦落红:落花。戴叔伦《相思曲》:"落红乱逐东流水,一点芳心为君死。"

【汇评】

宋·陈师道:尚书郎张先善著词,有云"云破月来花弄影"、"帘幕卷花影"、"坠轻絮无影",世称诵之,号张三影。(《后山诗话》)

宋·吴曾:张子野长短句"云破月来花弄影",往往以为古今绝唱。然予读古乐府《唐氏瑶暗别离》云:"朱弦暗断不见人,风动花枝月中影。"意子野本此。(《能改斋漫录》卷八)

宋·陈正敏:张子野郎中,以乐章擅名一时。宋子京尚书奇其才,遣将命者谓曰:"尚书欲见'云破月来花弄影'郎中乎?"子野屏后呼曰:"得非'红杏枝头春意闹'尚书耶?"遂出,置酒尽欢。盖二人所举,皆其警策也。(《遁斋闲览》)

宋·佚名:子野尝作《天仙子》词云:"云破月来花弄影。"士大夫多称

之。张初谒见欧公，迎谓曰："好！'云破月来花弄影'，恨相见之晚也。"（《古今诗话》）

宋·曾慥：子野尝有诗云："浮萍断处见山影。"又长短句云："云破月来花弄影。"又云："隔墙送过秋千影。"并脍炙人口，世谓"张三影"。（《高斋诗话》）

宋·陆游：六月五日早抵秀州，以赴郡集以倅廨中，坐花月亭，有小碑，乃张先子野"云破月来花弄影"乐章，云得句于此亭也。（《入蜀记》卷一）

宋·陈亮：别去第有怅仰，忽永康递到所惠教，副以高文丽句，读之一遍，见所谓"半落半开花有恨，一暗一雨春无力"，已令人眼动，及读到"别缆解时风度紧，离舻尽处花飞急"，然后知晏叔原之"落花人独立，微雨燕双飞"，不得长擅美矣。"云破月来花弄影"，何足以劳欧公之拳拳乎？世无大贤君子为之主盟，徒使如亮辈得以肆其大嚼，左右至此亦屈矣。虽然，不足念也。（《复杜仲高书》）

宋·刘过：强持檀板近芳樽，云遏定。君须听，低唱"月来花弄影"。（《天仙子》）

明·杨慎："云破月来花弄影"，景物如画，画亦不能至此。绝倒！绝倒！（《草堂诗余》卷一）

明·卓人月：张先以"三影"名者，因其中有三"影"字，故自誉也。然以"云破月来花弄影"为最，余二"影"字不及。（《古今词统》）

明·叶盛：欧阳公《丰乐亭记》"仰而望之，俯而听泉"，用白乐天《庐山草堂记》"仰观山，俯听泉"语。张子野"云破月来花弄影"，亦用白公《三游洞序》"云破月出"之句。（《水东日记》）

明·沈际飞："云破月来"句，心与景会，落笔即是，着意即非，故当脍炙。（《草堂诗余》正集卷二）

明·李廷机：张子野作乐词，有"三中"、"三影"，果奇拔，为骚弦绝唱，至今诵之，快耳赏心。（《新刻注释草堂诗余评林》卷三）

清·李渔：琢句炼字，虽贵新奇，亦须新而妥，奇而确。妥与确，总不越一理字，欲望句之惊人，先求理之服众。时贤勿论，吾论古人。古人多工于此技，有最服予心者，"云破月来花弄影"即中是也。有蜚声千载上下，而不

7

能服强项之笠翁者，"红杏枝头春意闹"尚书是也。"云破月来"句，词极尖新，而实为理之所有。若红杏之在枝头，忽然加一"闹"字，此语殊难着解。争斗有声之谓闹，桃李争春则有之，红杏闹春，予实未之见也。"闹"字可用，则"吵"字、"斗"字、"打"字皆可用矣。宋子京当日以此噪名，人不呼其姓氏，意以此作尚书美号，岂由尚书二字起见耶？予谓"闹"字极粗俗，且听不入耳，非但不可加于此句，并不当见之诗词。近日词中，争尚此字者，子京一人之流毒也。（《窥词管见》）

清·李调元："张三影"已胜称人口矣，尚有一词云："无数杨花过无影。"合之应名"四影"。（《雨村词话》）

清·沈谦："红杏枝头春意闹"、"云破月来花弄影"，俱不及"数点雨声风约住，朦胧淡月云来去"，予尝谓李后主拙于治国，在词中犹不失为南面王，觉张郎中、宋尚书，直衔官耳。（《填词杂说》）

清·尤侗：词之系宋，犹诗之系唐也。唐诗有初、盛、中、晚，宋词亦有之。唐之诗由六朝乐府而变，宋之词由五代长短句而变。约而次之，小山、安陆，其词之初乎；淮海、清真，其词之盛乎；石帚、梦窗，似得其中；碧山、玉田，风斯晚矣。……词之见于话者，如后主之"小楼昨夜"，延巳之"一池春水"，子京之"红杏枝头"，子野之"云破月来"，东坡之"大江东去"，耆卿之"晓风残月"，少游之"山抹微云"，美成之"并刀如水"，泽民之"泪湿阑干"，教授之"鬓边一点"，皆其脍炙齿牙者。（《词苑丛谈序》）

清·纪昀：李秋崖与金谷村，尝秋夜坐济南历下亭，时微雨新霁，片月初生，秋崖曰："韦苏州'流云吐华月'句兴象天然，觉张子野'云破月来花弄影'句便多少着力。"谷村未答，忽暗中人语曰："岂但着力不着力，意境迥殊。一是诗语，一是词语，格调亦迥殊也。即如《花间集》'细雨湿流光'句，在词家为妙语，在诗家则靡靡矣。"愕然惊顾，寂寞无一人。（《阅微草堂笔记》卷一七）

清·王初桐：子野词"云破月来花弄影"、"帘压卷花影"、"堕风絮无影"，世称"张三影"。王介甫谓"云破月来花弄影"不如李冠"朦胧淡月云来去"也。（《小嫏嬛词话》卷一）

清·黄苏：听《水调》而愁，为自伤卑贱也。"送春"四句伤其流光易去，

8

而后期茫茫也。"沙上"二句,言其所居岑寂,以沙禽与花自喻也。"重重"三句,言多蔽障也。结句仍缴送春本题,恐其时之晚也。(《蓼园词选》)

清·沈祥龙:词以自然为尚,自然者,不雕琢、不假借、不着色相、不落言诠也。古人名句,如"梅子黄时雨"、"云破月来花弄影",不外自然而已。(《论词随笔》)

清·许宝善:《古今诗话》:"有客谓子野曰:'人皆谓公张三中,即心中事、眼中泪、意中人也。'公曰:'何不曰为张三影?"云破月来花弄影"、"娇柔懒起,帘压卷花影"、"柳径无人,堕飞絮无影",此余生平所得意也。'"似此则加上"隔墙送过秋千影",应目为"张四影"矣。(《自怡轩词选》卷一)

清·陈廷焯:王介甫谓张子野"云破月来花弄影"不及李世英"朦胧淡月云来去",此仅就一句言之,未观全体,殊觉武断。即以一句论,亦安见其不及也?(《白雨斋词话》卷五)

清·陈廷焯:绘影绘色,神来之笔。笔致爽直,亦芊绵,最是词中高境。(《云韶集》卷三)

王国维:"云破月来花弄影",著一"弄"字,而境界全出矣。(《人间词话》)

张伯驹:后主《蝶恋花》词(一作李世英词)"数点雨声风约住,朦胧淡月云来去",眼前景,别人道不得。张子野"云破月来花弄影",似胎息于此。(《丛碧词话》)

唐圭璋:此首不作发越之语,而自然韵高。中间自午至晚,自晚至夜,写来情景宛然。首因听《水调》而愁,因愁而借酒图消,然愁重酒多,遂致沉醉。迨沉醉既醒,眼看春去,又引起无穷感伤。"送春"四句,即写春去之感。人事多纷,流光易逝,往事则空劳回忆,后期则空劳梦想,抚今思昔,至难为怀。"沙上"两句,写入夜凄寂景象。"云破"句,写景灵动,古今绝唱。"重重"四句,写夜深人静,独处帘内,又因风起而念落花,仍回到惜春送春之意。李易安"应是绿肥红瘦"句,亦袭此,然太着迹,并不如此语之蕴藉有味矣。(《唐宋词简释》)

转声虞美人

雪上送唐彦猷

使君欲醉离亭酒①。酒醒离愁转有②。紫禁多时虚右③。苕雪留难久④。　　一声歌掩双罗袖⑤。日落乱山春后⑥。犹有东城烟柳。青荫长依旧。

【题解】

《花草粹编》卷四、《百家词》本、《十名家词》本、《安陆集》调作《胡捣练》。唐彦猷，即唐询，工部员外郎、直史馆，庆历七年（1047）四月至皇祐元年（1049）四月为湖州知州。词作当为皇祐元年四月送唐询离湖州时作。

【注释】

①使君：汉代刺史的代称，汉以后用作对州郡长官的尊称。《陌上桑》："使君从南来，五马立踟蹰。"此指唐询。离亭：驿亭。古时人们常在此举行告别宴会。阴铿《江津送刘光禄不及》诗："泊处空余鸟，离亭已散人。"欲醉：《花草粹编》卷四、《十名家词》本、《安陆集》作"少醉"。

②"酒醒"句：杜牧《后池泛舟送王十秀才》诗："当筵虽一醉，宁复缓离愁。"

③紫禁：古以紫微垣比喻皇帝居处，故称宫禁为紫禁。多时：《花草粹编》卷四、《十名家词》本、《安陆集》"时"上无"多"字。右：重要的职位。《汉书·循吏传·文翁》："数岁，蜀生皆成就还归，文翁以为右职，用次察举，官有至郡守刺史者。"颜师古注："郡中高职也。"

④苕雪：即苕溪与雪溪。详见《偷声木兰花》（曾居别乘匪吴俗）注⑤。《花草粹编》卷四、《十名家词》本、《安陆集》作"清雪"。

⑤双罗袖：袖子。晏几道《点绛唇》词："分飞后，泪痕和酒，占了双罗

10

袖。"此处代指别宴上的歌妓。

⑥乱山：《花草粹编》卷四、《十名家词》本、《安陆集》作"汀花"。

南乡子

何处可魂消①。京口终朝两信潮②。不管离心千叠恨，滔滔。催促行人动去桡。　　　记得旧江皋。绿杨轻絮几条条③。春水一篙残照阔④，遥遥。有个多情立画桥。

【题解】

此词约作于皇祐元年(1049)。赵令畤《侯鲭录》卷二记张先言："往岁吴兴守滕子京席上，见小妓兜娘，子京赏其佳色。后十年，再见于京口，绝非顷时之容态。感之，作诗云：'十载芳洲抚白蘋，移舟弄水赏青春。当时自倚青春力，不信东风解误人。'"滕子京即滕宗谅，宝元二年(1039)知吴兴，康定元年(1040)十月离任。以此推算，后十年当为皇祐元年前后。此词知不足斋本调下有题："京口"。

【注释】

①魂消：指极度悲伤。江淹《别赋》："黯然销魂者，唯别而已矣。"钱起《别张起居》诗："有别时留恨，销魂况在今。"

②京口：六朝时长江下游军事重镇，原属扬州丹阳郡丹徒县，东汉建安年间，孙权治此，称为京城，及迁建业，改名京口。今为江苏镇江。信潮：即潮。因其来有定时，故称信潮或潮信。李益《江南曲》："早知潮有信，嫁与弄潮儿。"

③几条条：《百家词》本作"飞条条"。

④春水一篙：毛滂《夜行船》词："桃花春浸一篙深，画桥东、柳低烟远。"

又

中秋不见月

潮上水清浑。棹影轻于水底云。去意徘徊无奈泪，衣巾。犹有当时粉黛痕。　　海近古城昏①。暮角寒沙雁队分②。今夜相思应看月，无人。露冷依前独掩门。

【题解】

此词与上首"何处可魂消"作于同时。《百家词》本、《十名家词》本、《历代诗余》卷三题作"南徐中秋"。南徐，指南徐州，即京口。

【注释】

①"海近"句：长江经京口入海。

②暮角：指日暮的号角声。古时，号角因发声高亢凌厉，常用于战场上发号施令或振气壮威。京口有驻军，故有号角声。刘禹锡《洞庭秋月行》诗："岳阳城头暮角绝，荡漾已过君山东。"

玉联环

南郊夜饮

来时露裛衣香润。彩绦垂鬓①。卷帘还喜月相亲，把酒更、花相近②。　　西去阳关休问③。未歌先恨。玉峰山下水长流④，流水尽、情无尽。

【题解】

《花草粹编》卷三、《词律》卷四、《安陆集》、汪潮生本调作《一落索》。皇祐二年至五年(1050－1053)，张先受晏殊辟，通判永兴军。此词作于长安，时张先即将赴任通判永兴军。南邠即邠州，古称豳州，唐开元十三年(725)改为邠州。治所在新平，辖境相当于今陕西彬县、长武、旬邑、永寿四县地。

【注释】

①彩绦：彩丝编织的带子或绳子。

②更：《花草粹编》卷三、《词律》卷四、《词谱》卷五、汪潮生本作"与"。

③阳关：位于甘肃敦煌西南的古董滩附近。西汉置关，因在玉门关之南而得名。宋代以后，随着丝绸之路的衰落，关遂圮废。王维《送元二使安西》诗："劝君更进一杯酒，西出阳关无故人。"

④玉峰山：亦称玉山、蓝田山，在今陕西蓝田东南。其山北临灞河，南依秦岭，山势雄伟险峻，景色幽美。杜甫《九日蓝田崔氏庄》诗："蓝水远从千涧落，玉山高并两峰寒。"

木兰花

晏观文画堂席上

檀槽碎响金丝拨①。露湿浔阳江上月。不知商妇为谁愁，一曲行人留晚发②。　　画堂花入新声别。《红蕊》调高弹未彻③。暗将深意语胶弦④，长愿弦丝无断绝。

【题解】

此词原编鲍本《补遗》上，又见欧阳修《近体乐府》卷二，调作《玉楼春》，然调下无题，应以张先作为是。杨慎《词林万选》中则误作苏轼词。词题中"晏观文"即晏殊，他于皇祐二年(1050)以观文殿大学士知永兴军，辟张先为通判，此词即作于永兴军任上。

【注释】

①檀槽：檀木制成的琵琶、琴等弦乐器上架弦的槽格。李贺《感春》诗：

"胡琴今日恨,急语向檀槽。"王琦汇解:"唐人所谓胡琴,应是五弦琵琶耳。檀槽,谓以紫檀木为琵琶槽。"此代指琵琶。拨:弹奏琵琶的拨片。

②"露湿"三句:暗用白居易《琵琶行》之典故。白居易《琵琶行》诗序云:"元和十年,予左迁九江郡司马。明年秋,送客湓浦口,闻舟中夜弹琵琶者,听其音,铮铮然有京都声。问其人,本长安倡女,尝学琵琶于穆、曹二善才,年长色衰,委身为贾人妇。遂命酒,使快弹数曲,曲罢悯然。"诗云:"浔阳江头夜送客,枫叶荻花秋瑟瑟。主人下马客在船,举酒欲饮无管弦。醉不成欢惨将别,别时茫茫江浸月。忽闻水上琵琶声,主人忘归客不发。"浔阳江,长江流经九江北的一段,因九江古称浔阳,故称浔阳江。

③红蕊:曲调名。

④胶弦:相传海上有凤麟州,州上的仙人能用凤喙麟角所煎成的膏胶结续弓弦,人们称这种膏为续弦胶或鸾胶。如杜牧《读韩杜集》诗:"天外凤凰谁得髓,无人解合续弦胶。"这种"凤麟胶"本是续弓弦,到了宋词里却弃武从文,代指琴弦的胶。如韩淲《恋绣衾》词:"宝瑟断、鸾胶续,泪珠弹、犹带粉香。"

碧牡丹

晏同叔出姬

步帐摇红绮①。晓月堕,沉烟砌。缓板香檀②,唱彻伊家新制③。怨入眉头,敛黛峰横翠④。芭蕉寒,雨声碎。　　镜华翳。闲照孤鸾戏⑤。思量去时容易。钿盒瑶钗⑥,至今冷落轻弃。望极蓝桥⑦,但暮云千里。几重山,几重水。

【题解】

此词原编鲍本《补遗》上。作于皇祐二年至五年(1050—1053)通判永兴军期间。

【注释】

①步帐：用以遮蔽风尘或视线的一种屏幕。卢纶《送黎兵曹往陕府结亲》诗："步帐歌声转，妆台烛影重。"《词综》卷五、《历代诗余》卷四八作"步障"。

②缓板香檀：以拍板节乐助唱。缓板，指慢拍。香檀，拍板，宋代时拍板以檀木所制最为名贵。

③伊家新制：指晏殊所作新词。晏殊《清平乐》词："萧娘劝我金卮，殷勤更唱新词。"叶梦得《避暑录话》卷上云："晏元献公……每有嘉客必留，但人设一空案、一杯，既命酒，果实蔬茹渐至。亦必以歌乐相佐，谈笑杂出，数行之后，案上已灿然矣。稍阑即罢遣歌乐，曰：'汝曹呈艺已遍，吾当呈艺。'乃具笔札，相与赋诗，率以为常。前辈风流，未之有比。"

④黛峰：指眉，眉头皱蹙如黛峰耸起。

⑤"镜华翳"二句：用镜里孤鸾之典。范泰《鸾鸟诗序》云："昔罽宾王结置峻卯之山，获一鸾鸟，王甚爱之。欲其鸣而不致也，乃饰以金樊，飨以珍羞。对之愈戚，三年不鸣。其夫人曰：'尝闻鸟见其类而后鸣，何不悬镜以映之。'王从其意。鸾睹形悲鸣，哀响冲霄，一奋而绝。"杨炯《原州百泉县令李君神道碑》："琴前镜里，孤鸾别鹤之哀；竹死城崩，杞妇湘妃之怨。"词中用以喻被出之姬孤居一处，顾影自哀。

⑥钿盒瑶钗：玉钗和钿盒。钿盒亦作"钿合"，指镶嵌着金、银、玉、贝的首饰盒子。钿盒瑶钗传说为唐玄宗与杨贵妃定情的信物。陈鸿《长恨歌传》："定情之夕，授金钗钿合以固之。"盒，《花草粹编》卷八、《历代诗余》卷四八、汪潮生本作"合"。

⑦蓝桥：在今陕西蓝田西南蓝溪之上。相传蓝桥有仙窟，为唐代秀才裴航遇仙女云英处。裴铏《传奇》写道：唐长庆中，秀才裴航因落第游于鄂渚，谒故旧崔相国，获钱二十万，佣巨舟，远挈归京。同载有樊夫人，作诗赠裴航曰："一饮琼浆百感生，玄霜捣尽见云英。蓝桥便是神仙窟，何必崎岖上玉清。"行至蓝桥驿近侧，"有老妪绩麻苎，航揖之求浆。妪咄曰：'云英擎一瓯浆来，郎君要饮。'航讶之，忆樊夫人诗有'云英'之句，深不自会。俄于苇箔之下，出双玉手捧瓷，航接饮之，真玉液也。但觉异香氤郁，透于户

外"。因还瓯，遽揭箔，见一女子"虽红兰之隐幽谷，不足比其芳丽也。航惊惧，植足而不能去"。数月之后，裴航挈玉杵臼，再至蓝桥，与之议定姻好。词中以蓝桥喻出姬处所。

【汇评】

佚名：晏元献公为京兆，辟张先为通判。新纳侍儿，公甚属意。先字子野，能为诗词，公雅重之。每张来，即令侍儿出侑觞，往往歌子野所为之词。其后王夫人寝不容，公即出之。一日，子野至，公与之饮。子野作《碧牡丹》词，令营妓歌之，有云"望极蓝桥，但暮云千里。几重山，几重水"之句，公闻之，怃然曰："人生行乐耳，何自苦如此。"亟命于宅库支钱若干，复取前所出侍儿。既来，夫人亦不复谁何也。（《道山清话》）

清·谭莹：歌词余技岂知音，三影名声擅古今。碧牡丹才歌一曲，顿令同叔也情深。（《论词绝句》）

清·陈廷焯：深情绵邈，晏公闻之，能无动心耶？（《闲情集》卷一）

俞陛云：上阕追忆闻歌，"眉""黛"二句，红牙按拍，有怨入落花之感。下阕重到歌筵，而惊鸿已渺，惆怅成词，有情不自禁。（《唐五代两宋词选释》）

更漏子

杜陵春①，秦树晚②。伤别更堪临远。南去信，欲凭谁。归鸿多北归。　　小桃枝，红蓓发。今夜昔时风月。休苦意，说相思。少情人不知。

【题解】

此词原编鲍本《补遗》上。词中称"杜陵春，秦树晚"，当是皇祐二年至五年（1050—1053），张先通判永兴军时作。

【注释】

①杜陵：在今陕西西安东南。汉宣帝刘询葬于杜东原上，故曰杜陵。

陵墓所在地原来是一片高地,潏、滻两河流经此地,汉代旧名"鸿固原"。宣帝少时好游于原上,即帝位后,遂在此建造陵园。

②秦树晚:用韩翃《同题仙游观》诗典,诗云:"山色遥连秦树晚,砧声近报汉宫秋。"

木兰花

邠州作

青钱贴水萍无数①。临晓西湖春涨雨②。泥新轻燕面前飞,风慢落花衣上住。　　红裙空引烟娥聚③。云月却能随马去。明朝何处上高台,回认玉峰山下路④。

【题解】

此词作于邠州,与《玉联环·南邠夜饮》时间同。

【注释】

①青钱:喻指荷叶。杜甫《漫兴》诗:"糁径杨花铺白毡,点溪荷叶叠青钱。"《词综》卷五、《十名家词》本、《历代诗余》卷三二、《安陆集》、汪潮生本作"青铜"。

②西湖:指邠州西湖,在州城西北。

③空引烟娥:《词综》卷五、《十名家词》本、《历代诗余》卷三二作"空解烟蛾"。引,《百家词》本、汪潮生本作"解"。

④玉峰山:亦称玉山、蓝田山。详见《玉联环》(来时露裛衣香润)注④。

又

西湖杨柳风流绝①。满缕青春看赠别。墙头簌簌暗飞花,山外阴阴初落月。　　秦姬秾丽云梳发②。持酒唱歌留晚发③。骊驹应解恼人情④,欲出重城嘶不歇。

【题解】

词中云"西湖"、"秦姬",与前首同咏邠州西湖,二词皆皇祐二年至五年(1050－1053)永兴军通判任上作。

【注释】

①西湖:详见《木兰花》(青钱贴水萍无数)注②。

②秦姬:秦地歌妓,陕西一带古为秦地。

③唱:《花草粹编》卷六、《百家词》本、《词综》卷五、《十名家词》本、《历代诗余》卷三二、《安陆集》、汪潮生本作"听"。

④骊驹:纯黑色的马。又为逸《诗》篇名,古代告别时所赋的歌词。《汉书·儒林传·王式》:"谓歌吹诸生曰:'歌《骊驹》。'"颜师古注:"服虔曰:'逸《诗》篇名也,见《大戴礼》。客欲去歌之。'文颖曰:'其辞云"骊驹在门,仆夫俱存。骊驹在路,仆夫整驾"也。'"后以此为典,指告别。韩翃《赠兖州孟都督》诗:"愿学平原十日饮,此时不忍歌《骊驹》。"应解恼:《花草粹编》卷六、《百家词》本、《词综》卷五、《十名家词》本、《历代诗余》卷三二、《安陆集》、汪潮生本作"应亦解"。

【汇评】

清·许昂霄:"骊驹应亦解人情,欲出重城嘶不歇",与小山《玉楼春》结二语相似。(《词综偶评》)

清·陈廷焯:"骊驹"二句,较叔原"紫骝认得旧游踪,嘶过画桥东畔路",更觉有味。(《闲情集》卷一)

醉桃源

渭州作

双花连袂近香狨①。歌随镂板齐②。分明珠索漱烟溪。

18

凝云定不飞③。　　唇破点④，齿编犀⑤。春莺莫乱啼。阳关更在碧峰西。相看翠黛低⑥。

【题解】

此词题为"渭州作"，当是皇祐二年至五年(1050－1053)通判永兴军时游渭州之作。《历代诗余》卷一六调作《阮郎归》。渭州，北魏永安三年(530)置，因渭水得名，治所在襄武(今甘肃陇西东南)。北宋时辖境相当今甘肃平凉、华亭、崇信及宁夏泾源等市县地。

【注释】

①双花连袂：意指两歌女连袂同唱。花，《历代诗余》卷一六、《安陆集》作"歌"。香猊：狻猊形的香炉。狻猊指狮子，最早出现在《穆天子传》中："名兽使足走千里，狻猊、野马走五百里。"郭璞注："狻猊，师子，亦食虎豹。"《尔雅·释兽》："狻麑如虦猫，食虎豹。"郭璞注："即师子也，出西域。""师子"即指狮子。唐代开始喜用仿生香炉，传说中喜烟好坐的狻猊形象就常出现在香炉上。洪刍《香谱》卷下："香兽，以涂金为狻猊、麒麟、凫鸭之状，空中以燃香，使烟自口出，以为玩好，夏有雕木埏土为之者。"

②镂板：雕花的拍板，歌唱时控制节拍用。古时多用檀木制作，又名"檀板"。宋时拍板凡六片，以绳串联，两手合击发音。

③凝云：指歌声圆转如贯珠，清脆动听，行云亦为之凝伫。《列子·汤问》记秦青善讴，"抚节悲歌，声振林木，响遏行云"。

④唇破点：指唇微微张开，形容貌美。江淹《咏美人春游》诗："白雪凝琼貌，明珠点绛唇。"

⑤齿编犀：比喻齿如葫芦籽，洁白而排列整齐。《诗经·卫风·硕人》："领如蝤蛴，齿如瓠犀。"

⑥翠黛低：低眉，比喻离愁。谢逸《南乡子》词："唱彻阳关人欲去，依依。醉眼横波翠黛低。"

苏幕遮

柳飞绵①，花实少②。镂板音清③，浅发江南调④。斜日两竿留碧□⑤。马足重重，又近青门道⑥。　　去尘浓，人散了。回首旗亭⑦，渐渐红裳小。莫讶安仁头白早⑧。天若有情，天也终须老⑨。

【题解】

此词原编鲍本《补遗》上。词作中有"马足重重，又近青门道"，似皇祐二年至五年（1050—1053）任永兴军通判时作。

【注释】

①柳飞绵：《彊村丛书》本校记云："按'飞绵'疑当'绵飞'，与下句对。"

②花实：《历代诗余》卷四一作"花萼"。

③镂板：详见《醉桃源》（双花连衼近香猊）注②。

④"浅发"句：刘铄《拟古》其一："悲发江南调，忧委子衿诗。"

⑤斜日两竿："日上三竿"的活用，《南齐书·天文志上》："永明五年十一月丁亥，日出高三竿，朱色赤黄。"此处意谓落日。张耒《凝祥》诗："斜日两竿眠犊晚，春波一眼去凫寒。"□：《历代诗余》卷四一作"草"。

⑥青门：汉长安城东南门。《三辅黄图·都城十二门》："长安城东，出南头第一门曰霸城门。民见门色青，名曰青城门，或曰青门。"阮籍《咏怀》诗："昔闻东陵瓜，近在青门外。"宋时长安为永兴军治所。

⑦旗亭：酒楼。

⑧安仁头白：安仁为西晋诗人潘岳的字，据说他未老先衰，三十二岁即见白发。其《秋兴赋序》云："晋十有四年，余春秋三十有二，始见二毛。"李山甫《蒲关西道中作》诗："来来去去身依旧，未及潘年鬓已斑。"

⑨"天若"二句：用李贺《金铜仙人辞汉歌》诗典，其云："衰兰送客咸阳

道,天若有情天亦老。"

玉联环

送临淄相公

都人未逐风云散①。愿留离宴。不须都爱洛城春②,黄花讶、归来晚③。　　叶落灞陵如翦④。泪沾歌扇。无由重肯日边来,上马便、长安远⑤。

【题解】

题中"临淄相公"指晏殊,皇祐五年(1053)十月自永兴军徙河南,兼西京留守,迁兵部尚书,封临淄公。张先是时自永兴军至汴京,受命知渝州,经长安赴蜀,在长安作此词为晏殊送行。

【注释】

①都人:永兴军治所即汉唐旧都长安,故云。未:《十名家词》本作"来"。

②洛城:洛阳。欧阳修《玉楼春》词:"洛城春色待君来,莫到落花飞似霰。"

③花:《百家词》本、《十名家词》本作"阁"。

④灞陵:亦作"霸陵"。本芷阳县,汉文帝九年于此筑霸陵,并改县名。治所在今陕西西安东北。汉唐时长安人送客东行,多到附近的霸桥折柳赠别,后常用以泛指送别之处。

⑤"无由"二句:意指晏殊从此远离长安,无由重返。日边,指长安。刘义庆《世说新语·夙惠》:"晋明帝数岁,坐元帝膝上。有人从长安来……因问明帝:'汝意谓长安何如日远?'答曰:'日远。不闻人从日边来,居然可知。'元帝异之。明日,集群臣宴会,告以此意,更重问之。乃答曰:'日近。'元帝失色,曰:'尔何故异昨日之言邪?'答曰:'举目见日,不见长安。'"后以"日边"比喻皇都附近。

南歌子

　　残照催行棹,乘春拂去衣。海棠花下醉芳菲。无计少留君住、泪双垂。　　烟染春江暮①,云藏阁道危②。行行听取杜鹃啼③。是妾此时离恨、尽呼伊。

【题解】
　　张先于皇祐五年(1053)知渝州,约嘉祐元年(1056)离渝州任。据词中下片意思,当是知渝州期间的送别之作。

【注释】
　　①春江:此指嘉陵江。
　　②阁道:此指大剑山与小剑山之间的一条栈道,长约三十里,在今四川剑阁县北。李白《蜀道难》诗:"剑阁峥嵘而崔嵬,一夫当关,万夫莫开。"
　　③杜鹃啼:用杜鹃啼血典故。传说古蜀王杜宇,号望帝,因水灾让位退隐山中,死后化作杜鹃,日夜悲鸣,泪尽继而流血。此后,杜鹃在古典诗词中常与悲苦之事联系在一起。李商隐《锦瑟》:"望帝春心托杜鹃。"白居易《琵琶行》:"其间旦暮闻何物? 杜鹃啼血猿哀鸣。"

少年游

渝州席上和韵

　　听歌持酒且休行。云树几程程①。眼看檐牙,手搓花蕊,未必两无情。　　拓夫滩上闻新雁②,离袖掩盈盈。此恨无穷,远如江水,东去几时平。

此词原编鲍本《补遗》上。题为"渝州席上和韵",当作于渝州。张先于皇祐五年(1053)自京赴渝州,十月途经长安,作《玉联环》(都人未逐风云散)词为晏殊送行;嘉祐初年(1056)春离渝州任。此词当为至和年间(1054—1055)在渝送人东归作。渝州,今重庆。古称巴郡、楚州,隋初改楚州为渝州,治巴县。北宋属夔州路。

【注释】

①"云树"句:意谓去程遥远。王维《送崔兴宗》诗:"塞迥山河净,天长云树微。"

②拓夫滩:不详。

天仙子

别渝州

醉笑相逢能几度。为报江头春且住。主人今日是行人①,红袖舞。清歌女。凭仗东风教点取②。　　三月柳枝柔似缕。落絮尽飞还恋树③。有情宁不忆西园④,莺解语。花无数。应讶使君何处去⑤。

【题解】

此词题作"别渝州",下片又有"三月柳枝"语,当是嘉祐初年(1056)春天离渝州留别之作。

【注释】

①主人:张先自指。行人:因离任由知州转为行客。

②教点:《乐府雅词》卷上、《花草粹编》卷七、《百家词》本、《历代诗余》卷四五、《词谱》卷二、《十名家词》本作"交点",《安陆集》作"闲领"。

③尽:《乐府雅词》卷上、《花草粹编》卷七、《百家词》本、《安陆集》、《历

代诗余》卷四五、《词谱》卷二、《十名家词》本作"倦"。

④忆:《词谱》卷二作"惜"。西园:即铜雀园,亦名铜爵园,位于邺都(今河北临漳)西郊。园中有铜雀台、芙蓉池等景观,曹氏兄弟及孔融之外的六子常在此聚会游宴,如曹植《公宴》诗:"清夜游西园,飞盖相追随。"曹丕《芙蓉池作》:"乘辇夜行游,逍遥步西园。"后遂以"西园"代指游宴之处。

⑤使君:详见《转声虞美人》(使君欲醉离亭酒)注①。

渔家傲

和程公辟赠别

巴子城头青草暮①,巴山重叠相逢处②。燕子占巢花脱树。杯且举,瞿塘水阔舟难渡③。　　天外吴门清霅路④,君家正在吴门住⑤。赠我柳枝情几许⑥。春满缕,为君将入江南去。(来词云:折柳赠君君且住。)

【题解】

此词当为嘉祐初(1056)离渝留别之作。嘉祐初,张先离渝,程师孟赋词送行,原作已佚。张先和词留别。程公辟,即程师孟,累知南康军、渝州,提点夔路刑狱,徙河东路,为度支判官,知洪州,判三司都磨勘司,出为江西转运使,加直昭文馆,知福州,徙广州,以为给事中,集贤殿修撰,判都水监,知越州、青州,遂致仕,以光禄大夫卒,享年78岁。

【注释】

①巴子城:巴县古称,在今重庆市郊。

②巴山:即大巴山。此处泛指蜀中诸山。李商隐《夜雨寄北》诗:"君问归期未有期,巴山夜雨涨秋池。何当共剪西窗烛,却话巴山夜雨时。"

③瞿塘:峡名,长江三峡之首,也称夔峡。西起重庆市奉节县白帝城,东至巫山大溪。两岸悬崖壁立,江流湍急,山势险峻,号称西蜀门户。峡口

有夔门和滟滪堆。刘禹锡《竹枝词》："瞿塘嘈嘈十二滩,此中道路古来难。"

④吴门:苏州的别称之一,为春秋吴国故地,故称。张继《阊门即事》诗:"试上吴门窥郡郭,清明几处有新烟。"清雪:即雪溪,浙江湖州境内的一条河流。详见《偷声木兰花》(曾居别乘匡吴俗)注⑤。

⑤"君家"句:龚明之《中吴纪闻》卷三:"程师孟,字公辟。所居在南园之侧,号昼锦坊。自高祖思为钱氏营田使,因徙姑苏。"王安石有《送程公辟得谢归姑苏》诗。

⑥"赠我"句:意指程师孟赠张先词以送行,见词末张先自注。程师孟原作已佚,仅存此句。

【汇评】

清·陈廷焯:笔意高古。情必深,语必隽。(《别调集》卷一)

唐圭璋:此首和词,疏荡有韵。起记相别之处,次记别时之景。"杯且举"两句,述劝酒之情。下片,答谢赠别者之情意,尤为深厚。(《唐宋词简释》)

木兰花

和孙公素别安陆

相离徒有相逢梦。门外马蹄尘已动。怨歌留待醉时听,远目不堪空际送。　　今宵风月知谁共。声咽琵琶槽上凤①。人生无物比多情,江水不深山不重。

【题解】

此词原编鲍本《补遗》上。嘉祐三、四年间(1058—1059),张先知安州。词题云"和孙公素别安陆",当作于此二年间。孙公素,即孙贲,黄州人,出韩琦门下,曾知衢州、邵州。安陆在湖北东北部。古为鄂北咽喉,中原门户,北控三关,是历代兵家的必争之地。北宋时为安州治所。

①槽上凤:指琵琶的凤尾槽。苏轼《宋叔达家听琵琶》诗:"数弦已品龙香拨,半面犹遮凤尾槽。"

山亭宴慢

有美堂赠彦猷主人

宴亭永昼喧箫鼓①。倚青空、画阑红柱。玉莹紫微人②,蔼和气、春融日煦。故宫池馆更楼台③,约风月、今宵何处④。湖水动鲜衣⑤,竞拾翠、湖边路⑥。　　落花荡漾愁空树⑦。晓山静、数声杜宇。天意送芳菲,正黯淡、疏烟逗雨⑧。新欢宁似旧欢长⑨,此会散、几时还聚。试为挹飞云,问解寄、相思否⑩。

【题解】

《花草粹编》卷一一、《百家词》、《词综》卷五、《十名家词》、《词律》卷一七、《历代诗余》卷七三、《词谱》卷三〇、《安陆集》调无"慢"字。有美堂,嘉祐二年(1057),梅挚离开京城赴任杭州,宋仁宗作诗《赐梅挚知杭州》送行曰:"地有湖山美,东南第一州。"为表达对天子赐诗的感激,梅挚在吴山建造了览胜赏景的"有美堂",并请欧阳修写《有美堂记》以志纪念。彦猷为唐询,嘉祐三年(1058)六月自苏州知杭,五年(1060)九月,除吏部郎中。词中云"此会散、几时还聚",当是嘉祐五年九月送唐询离杭作。

【注释】

①亭:《花草粹编》卷一一、《词综》卷五、《十名家词》、《词律》卷一七、《历代诗余》卷七三、《安陆集》作"堂"。

②紫微人:指唐询。唐宋时称中书舍人为紫微舍人。王溥《唐会要》:"中书舍人,开元元年十二月一日,改为紫微舍人,五年复为中书舍人。"至

26

于称"紫微"是以皇居比天文紫微宫。唐询曾修起居注,元丰改制前,起居郎同中书省起居舍人,故云。

③故宫:五代吴越国王钱镠曾于杭州凤凰山下建子城,为国治,故称。蔡襄《经钱塘故宫》诗:"废苑芜城裹故宫,行人苑外问秋风。当时歌舞何年尽,此意古今无处穷。"更:《词谱》卷三〇、《词律拾遗》卷八作"旧",《安陆集》注:"一作'旧'。"

④约风月:用典故,《南史·徐勉传》云:"今夕止可谈风月,不宜及公事。"

⑤鲜衣:《史记·刘敬叔孙通列传》:"虞将军欲与之鲜衣。"司马贞索隐:"鲜衣,美服也。"

⑥拾翠:语出曹植《洛神赋》:"或采明珠,或拾翠羽。"古人以彩色羽毛为装饰品,故女子常去水边捡翠鸟羽毛。后用以指女子游春。

⑦愁:《花草粹编》卷一一、《词综》卷五、《十名家词》、《词律》卷一七、《历代诗余》卷七三、《安陆集》《词谱》卷三〇作"怨"。

⑧逗:引,惹,弄。李贺《李凭箜篌引》诗:"女娲炼石补天处,石破天惊逗秋雨。"《花草粹编》卷一一、《词综》卷五、《十名家词》、《词律》卷一七、《历代诗余》卷七三、《安陆集》、《词谱》卷三〇作"短"。

⑨"新欢"句:意谓新知不如故友。

⑩问解寄:《词律》卷一七、《词谱》卷三〇无"解"字。

喜朝天

清暑堂赠蔡君谟

晓云开①。睨仙馆陵虚②,步入蓬莱③。玉宇琼甃,对青林近,归鸟徘徊。风月顿消清暑④,野色对、江山助诗才⑤。箫鼓宴,璇题宝字⑥,浮动持杯。　　人多送目天际⑦,识渡舟帆小,时见潮回。故国千里⑧,共十万室⑨,日日春台。睢社朝京非远⑩，正和羹、民口渴盐梅⑪。佳景在，吴侬还望⑫，分阃重来⑬。

【题解】

题中"蔡君谟"为蔡襄，兴化军仙游人。治平二年（1065）二月，任三司使给事中的蔡襄，以端明殿学士、尚书礼部侍郎知杭州。三年（1066）五月，徙知应天府。张先此词赠蔡襄，送其离杭赴应天，因此结句云"吴侬还望，分阃重来"。清暑堂，治平三年，时任郡守蔡襄所建，在州治之左。蔡襄曾撰《杭州清暑堂记》，刻石堂上。

【注释】

①晓云：《花草粹编》卷一一作"晚云"。

②陵虚：凌空，没有依凭。曹植《节游赋》："建三台于前处，飘飞陛以凌虚。"

③蓬莱：又称蓬壶。神话中渤海里仙人居住的五座神山之一。《列子·汤问》："其中有五山焉：一曰岱舆，二曰员峤，三曰方壶，四曰瀛洲，五曰蓬莱。……所居之人皆仙圣之种。"此喻清暑堂之胜境。

④"风月"句：蔡襄《杭州清暑堂记》："清暑者，负州廨之左，直海门之冲；其风远来，洒然薄人。……及夫夏日，比室烦燠，方且披轩阒，据高凉，放荡于无何，翱翔于至极，萧然而自适。或宾从环次，鸣管搜瑟，酾酒均饵，歌呼瞑醉。"顿消，《花草粹编》卷一一、《百家词》本、《十名家词》本、《历代诗余》卷七三、《词谱》卷二九作"从今"。

⑤"野色"句：语出刘勰《文心雕龙·物色》："然屈平所以能洞监《风》、《骚》之情者，抑亦江山之助乎？"指屈原被流放后因耿耿不平而作《离骚》，因此精神得以升华。词作用其本身之意，指山水风景等自然景色能助益清雅、拔俗的诗文创作。野色对，《花草粹编》卷一一、《百家词》本、《历代诗余》卷七三、《十名家词》本作"野色带"。

⑥璇题：亦作"琁题"，玉饰的椽头。《文选·扬雄〈甘泉赋〉》："珍台闲馆，琁题玉英。"李善注引应劭曰："题，头也。榱椽之头，皆以玉饰，言其英华相爥也。"宝字：指蔡襄所书石刻《杭州清暑堂记》。《宋史·蔡襄传》："襄

工于书，为当时第一。"

⑦"人多"句：《花草粹编》卷一一、《十名家词》本、《历代诗余》卷七三、《词谱》卷二九作"天多送目无际"。

⑧故国：杭州为五代吴越国治，故云。

⑨十万室：以人口写杭州都市的繁庶。柳永《望海潮》词："参差十万人家。"

⑩睢(suī)社：今河南睢县，北宋时为应天府治。蔡襄赴应天府任，故有此云。朝京：祝贺之辞，意谓蔡襄此次知应天府后，不久会被调至汴京入主中枢。《花草粹编》卷一一作"庙京"。非。《词谱》卷二九作"未"。

⑪"正和羹"句：典出《尚书·商书·说命下》："若作和羹，尔维盐梅。"孔安国传："盐，咸；梅，醋。羹须咸醋以和之。"原意为配以不同调味品制成羹汤，比喻辅佐之贤臣。刘禹锡《和汴州令狐相公到镇改月偶书所怀》："受脉新梁苑，和羹旧傅岩。"渴，《词律拾遗》卷四作"待"。

⑫吴侬：吴地自称曰我侬，他称曰渠侬、个侬、他侬。因称人多用侬字，故以"吴侬"指吴人。刘禹锡《福先寺雪中酬别乐天》诗："才子从今一分散，便将诗咏向吴侬。"

⑬分阃(kǔn)：典故，出自《史记·冯唐传》："阃以内者，寡人制之；阃以外者，将帅制之。"后用来指出任将帅或封疆大吏。元稹《李愬妻韦氏封魏国夫人制》："愬当分阃之际终无内顾之忧者，由此妇也。"

破阵乐

钱塘

四堂互映①，双门并丽②，龙阁开府③。郡美东南第一④，望故苑、楼台霏雾⑤。垂柳池塘，流泉巷陌，吴歌处处。近黄昏，渐更宜良夜，簇簇繁星灯烛⑥。长衢如昼，暝色韶光⑦，几许粉面⑧，飞甍朱户。　　和煦⑨。雁齿桥红⑩，裙腰草绿⑪，云际寺、林下路。酒熟梨花宾客醉⑫，但觉满山箫鼓。尽朋游、同民乐⑬，芳菲有主。自此归从泥诏⑭，去指沙堤⑮，南屏水石⑯，西湖风月，好作千骑行春⑰，画图写取。

【题解】

《十名家词》本调无"乐"字。词中有"龙阁开府"，即贺以龙图阁学士知杭州者，又有"四堂互映"，即四堂俱已建成。四堂最晚者为治平三年（1066）蔡襄所建之清暑堂。据《乾道临安志·牧守》所载，其中唯祖无择符合。祖于治平四年（1067）十月至熙宁二年（1069）以龙图阁学士知杭州。因此，此词为治平四年贺祖无择知杭州之作。

【注释】

①四堂：杭州郡守所建四堂，分别是嘉祐二年梅挚所建之有美堂、至和三年孙沔在钱镠阅礼堂故地重建之中和堂、唐时旧传之虚白堂和治平三年蔡襄所建之清暑堂。

②双门：五代吴越国王钱镠曾于杭州凤凰山下建子城，子城南称通越门，北称双门。宋至和元年，郡守资政殿学士、给事中孙沔重建，枢密直学士蔡襄撰《杭州新作双门记》并书写，刻石于门之右。

③龙阁：即龙图阁学士。祖无择当时以龙图阁学士知杭州，故称。

④"郡美"句：嘉祐二年，梅挚离开京城赴任杭州，宋仁宗作诗《赐梅挚知杭州》送行曰："地有湖山美，东南第一州。"

⑤苑：《词谱》卷三七作"园"。台：《词谱》卷三七作"阁"。

⑥簇簇：《花草粹编》卷一二、《十名家词》本、《历代诗余》卷九八、《词谱》卷三七作"簇"。

⑦暝色韶光：指夜间春色。

⑧几许粉面：指粉墙。几许，《花草粹编》卷一二、《十名家词》本、《历代诗余》卷九八、《词谱》卷三七作"几帘"。

⑨和煦：《花草粹编》卷一二、《百家词》本、《十名家词》本、《历代诗余》卷九八作"欢遇"，《词谱》卷三七作"欢聚"。

⑩雁齿：指桥上台阶。因如雁行般整齐有序，故云。白居易《答王尚书问履道池旧桥》："虹梁雁齿随年换。"

⑪裙腰草绿：写孤山寺路在湖中，每逢草绿之时，远望如裙腰。语出白居易《杭州春望》诗："谁开湖寺西南路，草绿裙腰一道斜。"白自注："孤山寺路在湖洲中，草绿时，望如裙腰。"

⑫酒熟梨花：即梨花春酒。因以梨花开时酿成，故名。白居易《杭州春望》诗："红袖织绫夸柿蒂，青旗沽酒趁梨花。"自注："其俗酿酒，趁梨花时熟，号为'梨花春'。"

⑬同民乐：《花草粹编》卷一二、《十名家词》本、《历代诗余》卷九八、《词谱》卷三七作"因民乐"。

⑭泥诏：亦称紫泥诏、紫诏，朝廷诏书。诏书用紫泥封于绳端打结处，上盖印章，故云。李白《玉壶吟》诗："凤凰初下紫泥诏，谒帝称觞登御筵。"

⑮沙堤：专为宰相通行车马所铺筑的沙面大路。李肇《国史补》卷下："凡拜相，礼绝班行，府县载沙填路。自私第至于子城东街，名曰沙堤。"

⑯南屏：即南屏山。南屏山是九曜山的分支，山峰耸秀，怪石玲珑，棱壁横坡，宛若屏障，故名。北麓净慈寺傍晚的钟声为"南屏晚钟"，称胜湖上，乃"西湖十景"之一。

⑰千骑：指扈从很多。柳永《望海潮》词："千骑拥高牙，乘醉听箫鼓，吟赏烟霞。"

【汇评】

夏敬观："暝色韶光"犹言夜间之春色也。"粉面"非指妇女，当系指粉墙而言，始与"飞甍朱户"相贯。（《映庵词评》）

醉垂鞭

钱塘送祖择之

酒面滟金鱼①。吴娃唱②。吴潮上③。玉殿白麻书。待君归后除④。　　勾留风月好⑤。平湖晓。翠峰孤⑥。此景出关无。西州空画图⑦。

【题解】

此词原编鲍本《补遗》上。治平四年(1067)十月,祖无择任知杭州,熙宁二年(1069)五月,郑獬替代。由词题可知,当是熙宁二年祖无择离杭时送别之作。

【注释】

①"酒面"句:杯中之酒盈溢浮动如金鱼泛光。张先《庆春泽》(艳色不须妆样)词句"花影滟金尊,酒泉生浪",与此意相近,可参看。酒面,《词谱》卷四作"醉面"。

②吴娃:吴地美女,也泛指江南美女。孙光宪《河传》词:"木兰舟上,何处吴娃越艳,藕花红照脸。"此指侑酒歌妓。

③吴潮:指钱塘江潮。苏轼《催试官考较戏作》诗:"八月十八潮,壮观天下无。鲲鹏水击三千里,组练长驱十万夫。红旗青盖互明灭,黑沙白浪相吞屠。人生会合古难必,此景此行那两得。"

④"玉殿"二句:预祝之辞。意谓祖无择虽遭贬谪,日后必将受朝廷宣召,位至将相。白麻书,用白麻纸书写的诏书。白麻纸是用苘麻制造的纸。唐制,由翰林学士起草的凡赦书、德音、立后、建储、大诛讨及拜免将相等诏书都用白麻纸。因以指重要的诏书。白居易《杜陵叟》诗:"白麻纸上书德音,京畿尽放今年税。"除,任命官职,此指罢故官而就新官。

⑤"勾留"句:典出白居易《春题湖上》诗:"未能抛得杭州去,一半勾留是此湖。"

⑥翠峰孤:指西湖孤山。因位于西湖的里湖与外湖之间,故名孤山。

⑦西州:唐代西昌州的新名,唐灭麹氏高昌,以其地置西州。此处指祖无择将去之地。联系上句"出关",似朝廷初命祖无择赴西北边州,故结句以之与杭州相比,嗣后复有改命,张先此时不及知也。

好事近

月色透横枝，短叶小花无力①。北客一声长笛②，怨江南
先得。　　谁教强半腊前开，多情为春忆。留取大家沉醉③，
正雨休风息④。

【题解】

　　题中"毅夫"为郑獬，其于熙宁二年（1069）五月，以翰林侍读学士、户部
郎中任知杭州，三年（1070）四月己卯，徙知青州。郑獬作《好事近》一首，张
先和之。词中云"谁教强半腊前开"，则作词之时当在熙宁二年冬天。

【注释】

　　①小花：《百家词》本、《词综》卷五、《十名家词》本、《历代诗余》卷一二、
《安陆集》作"小葩"。

　　②"北客"句：相传宋时北方无梅，梅独盛于江南。汉代《横吹曲》中
有《梅花落》，郭茂倩《乐府诗集》卷二四："《梅花落》，本笛中曲也。按
唐大角曲亦有《大单于》、《小单于》、《大梅花》、《小梅花》等曲，今其声
犹有存者。"

　　③"留取"句：典出唐无名氏《梅花》诗："南枝向暖北枝寒，一种春风有
两般。凭仗高楼莫吹笛，大家留取倚栏杆。"沉醉，《历代诗余》卷一二、《安
陆集》作"须醉"。

　　④正：《词综》卷五、《十名家词》本、《历代诗余》卷一二、《安陆集》作
"幸"。

又

灯烛上山堂,香雾暖生寒夕。前夜雪清梅瘦①,已不禁轻摘。　　双歌声断宝杯空②,妆光艳瑶席。相趁笑声归去③,有随人月色④。

【题解】

郑獬《好事近》(江上探春回)一首,结句云"归去不须银烛,有山头明月",与张先此词结句彼此呼应,当为同时唱酬之作,时间为熙宁三年(1070)春。

【注释】

①雪清:《乐府雅词》卷上作"雪消"。

②双歌:指两人合唱。一说由上下两阕相叠而成的词。声断:《乐府雅词》卷上、《百家词》本、《十名家词》本作"未彻"。

③相:《乐府雅词》卷上、《百家词》本、《十名家词》本作"好"。

④"有随人"句:化用李白《月下独酌》诗句:"月既不解饮,影徒随我身。"

天仙子

郑毅夫移青社

持节来时初有雁①。十万人家春已满②。龙标名第凤池身③,堂阜远。江桥晚。一见湖山看未遍④。　　障扇欲收歌泪溅⑤。亭下花空罗绮散⑥。樯竿渐向望中疏,旗影转⑦。鼙声断⑧。惆怅不如船尾燕。

词题中"郑毅夫"为郑獬,熙宁二年(1069)五月知杭州,三年(1070)四月,徙知青州,即词题中所说的"青社"。因此,词作当为熙宁三年四月在杭送郑獬赴青州作。

【注释】

①"持节"句:指郑獬于熙宁二年五月来知杭州。节,指节符,古时朝廷授予使者的一种信物。此指奉朝廷之命出守。初有雁,雁为候鸟,每年春分时飞北方,秋分时南飞。郑獬五月受命,到任时正值北雁南飞。

②十万人家:详见《喜朝天》(晓云开)注⑨。春已满:郑獬于熙宁三年四月离杭,已过了春天,故云。

③龙标名第:龙标指龙榜、龙虎榜。郑獬于皇祐五年(1053)进士第一,故云。凤池身:郑獬知杭前为翰林学士,故称。

④一见:《百家词》本、《历代诗余》卷四五、《十名家词》本作"一障"。

⑤障扇:又称长扇、掌扇,古代用来障尘遮日的长柄扇。

⑥罗绮:本意为丝绸梭织衣物,此指衣着华贵的女子。李白《清平乐》词:"女伴莫话孤眠,六宫罗绮三千。"

⑦"樯竿"二句:郑獬是乘船沿运河北上,因此送别时樯疏旗转,有远望渐逝之态。

⑧鼙声:古代常以鼓声作开船信号。鼙,古代军中所用之骑鼓。

醉落魄

吴兴莘老席上

山围画障①。风溪弄月清溶漾②。玉楼苕馆人相望。下箸酸醋③,竞欲金钗当④。　　使君劝醉青娥唱⑤。分明仙曲云中响⑥。南园百卉千家赏⑦。和气兼春,不独花枝上。

【题解】

此词以下十首原编鲍本《补遗》上。《花草粹编》卷六、《安陆集》调作《庆金枝》;《词谱》卷一三列于《一斛珠》,并注:"张先词名《怨春风》。"词题中"莘老"为孙觉,其于熙宁四年(1071)十一月任知湖州,六年(1073)三月移知庐州。又词中所叙皆春景,只能是熙宁五年(1072)所作。

【注释】

①画障:《词律拾遗》卷一作"锦障"。

②溶漾:水波荡漾的样子。杜牧《汉江》诗:"溶溶漾漾白鸥飞,绿净春深好染衣。"

③下箬酦醅(nóngpēi):即箬下酒。因产于浙江长兴县箬溪北岸之下箬,故名。胡仔《苕溪渔隐丛话后集·楚汉魏六朝上》:"县南五十步有箬溪,夹溪悉生箭箬,南岸曰上箬,北岸曰下箬,居人取下箬水酿酒,醇美,俗称箬下酒。"今浙江长兴县仍有下箬村。箬,《彊村丛书》本、《全宋词》本作"若"。酦醅,酒性浓烈的酒。

④金钗当:典出中唐时期江南女艺人刘采春所唱《啰唝曲》,其三云:"莫作商人妇,金钗当卜钱。朝朝江口望,错认几人船。"此曲又名《望夫歌》,元稹《赠刘采春》诗:"更有恼人肠断处,选词能唱望夫歌。"

⑤使君:详见《转声虞美人》(使君欲醉离亭酒)注①。此指孙觉。青娥:即青女,主司霜雪的女神。此指歌女。白居易《长恨歌》诗:"梨园弟子白发新,椒房阿监青娥老。"

⑥"分明"句:用《云瑶》典故。《云瑶》即《白云谣》,传说中西王母作的歌曲。典出《穆天子传》卷三:"乙丑,天子觞西王母于瑶池上。西王母为天子谣,曰:'白云在天,山陵自出。道里悠远,山川间之。将子无死,尚能复来。'"晚唐五代及北宋诗词中,常以"云谣"称美当时的歌曲。皮日休《秋夕文宴得遥字》诗:"高韵最宜题雪赞,逸才偏称和云谣。"陆龟蒙《和袭美伤开元观顾道士》诗:"药奠肯同椒醑味,云谣空替薤歌声。"

⑦南园:张先家址。周密《齐东野语·张氏十咏图》:"南园故址在今(湖州)南门内,牟存叟端平所居是也。其地尚为张氏物,先君为经营得之,存叟大喜,亦尝赋五绝句,其一云:'买家喜傍水晶宫,正是南园故址中。我

欲筑堂名六老,追怀庆历太平风。'盖纪实也。"

望江南

与龙靓

青楼宴①,靓女荐瑶杯②。一曲《白云》江月满③,际天拖练夜潮来④。人物误瑶台⑤。　　醺醺酒,拂拂上双腮⑥。媚脸已非朱淡粉,香红全胜雪笼梅。标格外尘埃⑦。

【题解】

题中"龙靓"乃杭州名妓。陈师道《后山诗话》记有此词本事。其云:"杭妓胡楚、龙靓,皆有诗名。胡云:'不见当年丁令威,年来处处是相思。若将此恨同芳草,却恐青青有尽时。'张子野老于杭,多为官妓作词,与胡而不及靓。靓献诗云:'天与群芳十样葩,独分颜色不勘夸。牡丹芍药人题遍,自分身如鼓子花。'子野于是为作词也。"又苏轼《天际乌云帖》云:"杭州营籍周韶,多蓄奇茗,尝与君谟斗,胜之;韶又知作诗。子容过杭,述古饮之,韶泣求落籍。子容曰:'可作一绝?'韶援笔立成曰:'陇上巢空月岁惊,忍看回首自梳翎。开笼若放雪衣女,长念观音般若经。'韶时有服,衣白,一座嗟叹,遂落籍。同辈皆有诗送之,二人者最善。胡楚云:'淡妆轻素鹤翎红,移入朱栏便不同。应笑西园旧桃李,强匀颜色待东风。'龙靓云:'桃花流水本无尘,一落人间几度春。解佩暂酬交甫意,濯缨还作武陵人。'故知杭人多慧也。"熙宁七年(1074),苏轼作《常润道中有怀钱塘述古》五首,其二云:"去年柳絮飞时节,记得金笼放雪衣。"所指即周韶落籍从良事。据此,此词当是熙宁六年(1073)作。

【注释】

①青楼:原指豪华精致的雅舍,因富贵人家的姬妾和家妓大多居住于此,所以到了唐代,人们逐渐把"青楼"称为烟花柳巷之所。此指歌妓居处。

②瑶杯：玉制的酒杯，亦用作酒杯之美称。李咸用《富贵曲》："雪暖瑶杯凤髓融，红拖象箸猩唇细。"

③白云：即《白云谣》。详见《醉落魄》(山围画障)注⑥。

④"际天"句：意谓江潮如练，上与天接。白居易《宿湖中》诗："浸月冷波千顷练，苞霜新橘万株金。"

⑤瑶台：古代神话传说中神仙所居之地。李白《清平调》诗："若非群玉山头见，会向瑶台月下逢。"李商隐《无题》诗："如何雪月交光夜，更在瑶台十二层。"

⑥拂拂上：《花草粹编》卷五作"拂上上"。拂拂，散布。张孝祥《天仙子》词："三月灞桥烟共雨，拂拂依依飞到处。"

⑦标格：风范，风度。杨敬之《赠项斯》诗："几度见诗诗总好，及观标格过于诗。"

雨中花令

赠胡楚草

近鬟彩钿云雁细(大云雁、小云雁)①。好容貌、花枝争媚(花枝十二)②。学双燕、同栖还并翅(双燕子)③。我合著、你难分离(合著)④。　　这佛面、前生应布施(金浮图)⑤。你更看、蛾眉下秋水(眉十)⑥。似赛九底、见他三五二(胡草)⑦。正闷里、也须欢喜(闷子)。

【题解】

词题中"胡楚"，为杭州营妓。与前首《望江南·与龙靓》当同作于熙宁六年(1073)。《词谱》卷九说此词"每句下皆自注骰子格名。"骰子格，也称叶子格，是古代博戏用具，相当于后世骰子格、升官图之类。其用法今已不传。欧阳修《归田录》卷二记："叶子格者，自唐中世以后有之。说者云，因

38

人有姓叶号叶子青者撰此格，因以为名。此说非也。唐人藏书，皆作卷轴，其后有叶子。其制似今策子。凡文字有备检用者，卷轴难数卷舒，故以叶子写之，如吴彩鸾《唐韵》、李邰《彩选》之类是也。骰子格，本备检用，故亦以叶子写之，因以为名尔。唐世士人宴聚，盛行叶子格，五代、国初犹然，后渐废不传。今其格世或有之，而无人知者，惟昔杨大年好之。仲待制简，大年门下客也，故亦能之。大年又取叶子彩名红鹤、皂鹤者，别演为鹤格。郑宣徽戬、章郇公得象，皆大年门下客也，故皆能之。余少时亦有此二格，后失其本，今绝无知者。"张先此词为投骰劝饮之作，所注"大云雁、小云雁"、"花枝十二"、"双燕子"、"合著"、"金浮图"、"眉十"、"胡草"、"闷子"都是骰子格名。词一共八句，都从所仿骰子格生发以赠胡楚。

【注释】

①彩钿：花钿，古时妇女脸上的一种花饰。花钿有红、绿、黄三种颜色，以红色为最多，以金、银制成花形，蔽于脸上，是唐代比较流行的一种首饰。花钿的形状除梅花状外，还有各式小鸟、小鱼、小鸭等，十分美妙新颖。关于花钿的起源，《太平御览》卷九七〇引《宋书》云："武帝女寿阳公主，每日卧于含章檐下，梅花落公主额上，成五出之华，拂之不去，皇后留之。自后有梅花妆，后人多效之。"云雁细：指彩钿呈雁行。

②容貌：原作"客艳"，据《词谱》卷九改。

③"学双燕"句：意谓胡楚喜合难分。

④合：与下"分"相对而言。《词谱》卷九云："按前段结'我'字、'你'字，后段起句'这'字，第二句'下'字，第三句'底'字，结句'正'字、'也'字。皆衬字，若都减去，亦是此调正格，前后未尝不整齐也。"

⑤"这佛面"句：意谓胡楚前生修得颜面如佛。布施，佛教语，六度之一。分为三种，一财施、一法施、一畏施。浮图，佛塔之别称，亦作"浮屠"、"佛图"。词调有《金浮图》，见《尊前集》。此"佛面"与"浮图"则皆为骰子格中之贵采。吴曾《能改斋漫录》卷一八"掷骰默占"条："章郇公守洪州，尝因宴客，掷骰赌酒。乃自默占，如异日登台辅，即成贵采，一掷得'佛面浮图'，遂缄秘其骰，至为宰相犹在。"

⑥蛾眉：蚕蛾触须细长而弯曲，常用以比喻女子美丽的眉毛。李白《怨

情》诗：“美人卷珠帘，深坐颦蛾眉。但见泪痕湿，不知心恨谁。”秋水：秋天的水，多用来比喻女人清澈明亮的眼睛。白居易《筝》诗：“双眸剪秋水，十指剥春葱。”

⑦“似赛九底”句：三五二相加为十，赛九逢十，合下文“也须欢喜”。胡草，可能是胡蔓草，又名野葛、断肠草，根茎叶有剧毒。沈括《梦溪笔谈·药议》：“闽人呼为吻莽，亦谓之野葛，岭南人谓之胡蔓，俗谓断肠草。”

武陵春

每见韶娘梳鬓好，钗燕傍云飞①。谁掬彤霞露染衣②。□玉透柔肌③。　　梅花瘦雪梨花雨④，心眼未芳菲。看着娇妆听《柳枝》⑤。人意觉春归。

【题解】

词中提到的“韶娘”，即杭州营妓周韶。熙宁六年（1073），周韶泣求落籍，知州陈襄准之。详见前《望江南·与龙靓》词题解。此词也作于周韶落籍之际。

【注释】

①钗燕：钗上的燕状镶饰物，传说佩之吉祥。语本《太平御览》卷七一八引郭子横《洞冥记》：“元鼎元年，起招灵阁。有神女留一玉钗与帝，帝以赐赵婕好。至昭帝元凤中，宫人犹见此钗，共谋欲碎之。明旦视之，恍然见白燕直升天去，故宫人作玉钗，因改名玉燕钗，言其吉祥。”范成大《题汤致远运使所藏隆师四图·倦绣》诗：“困来如醉复如愁，不管低鬟钗燕溜。”傍云飞：指燕钗插在鬓发上。

②彤霞：韶娘身穿红衫，如红霞一般，故云。

③“□玉透”句：《十名家词》本无“□”。

④瘦：《十名家词》本作“泻”。

⑤柳枝：即《杨柳枝》，曲调名。王灼《碧鸡漫志·杨柳枝》：“《鉴戒录》云：柳枝歌，亡隋之曲也。前辈诗云：‘万里长江一旦开，岸边杨柳几千栽。锦帆未落干戈起，惆怅龙舟更不回。’又云：‘乐苑隋堤事已空，万条犹舞旧春风。’皆指汴渠事。而张祜《折杨柳枝》两绝句，其一云：‘莫折宫前杨柳枝，玄宗曾向笛中吹。伤心日暮烟霞起，无限春愁生翠眉。’则知隋有此曲，传至开元。《乐府杂录》云：白传作《杨柳枝》。予考乐天晚年，与刘梦得唱和此曲词。白云：‘古歌旧曲君休听，听取新翻《杨柳枝》。’又作《杨柳枝二十韵》云：‘乐童翻怨调，才子与妍词。’注云：‘洛下新声也。’刘梦得亦云：‘请君莫奏前朝曲，听唱新翻《杨柳枝》。’盖后来始变新声。而所谓乐天作《杨柳枝》者，称其别创词也。”

玉联环

南园已恨归来晚①。芳菲满眼。春工偏上好花多，疑不向、空枝暖。　　惜恐红云易散②。丛丛看遍。当时犹有蕊如梅，问几日上、东风绽③。

【题解】

张先《木兰花》(去年春入芳菲国)题序记云：“去春自湖归杭，忆南园花已开，有‘当时犹有蕊如梅’之句。今岁还乡，南园花正盛，复为此词寄意。”其“当时犹有蕊如梅”即指此词。《木兰花》词作于熙宁八年(1075)，此词则是熙宁七年(1074)作。

【注释】

①南园：在浙江湖州，张维、张先所居之处。详见《醉落魄》(山围画障)注⑦。

②惜：《安陆集》、汪潮生本作“只”。红云易散：感慨红花易谢，春色将去。

③问:《历代诗余》卷一七作"向"。

熙州慢

赠述古

武林乡①,占第一湖山②,咏画争巧。鹫石飞来③,倚翠楼烟霭,清猿啼晓④。况值禁垣师帅⑤,惠政流入欢谣⑥。朝暮万景,寒潮弄月,乱峰回照。　　天使寻春不早⑦。并行乐,免有花愁花笑。持酒更听,红儿肉声长调⑧。潇湘故人未归⑨,但目送游云孤鸟。际天杪。离情尽寄芳草⑩。

【题解】

题中"述古"为陈襄,于熙宁五年(1072)五月,以知陈州尚书刑部郎中知制诰移知杭州;熙宁七年(1074)六月,徙知应天府。此词当是熙宁五年至七年陈襄知杭州期间作。《花草粹编》卷九题作"送述古"。

【注释】

①武林:旧时杭州的别称,因武林山而得名。

②占第一湖山:语本宋仁宗《赐梅挚知杭州》诗,其云:"地有湖山美,东南第一州。"

③鹫石飞来:指飞来峰,在西湖西北灵隐寺侧。灵隐一带的山峰怪石嵯峨,风景绝异,印度僧人慧理见后,称:"此是中天竺国灵鹫山之小岭,不知何以飞来?"因此称为"飞来峰"。苏轼《游灵隐寺得来诗复用前韵》诗:"溪山处处皆可庐,最爱灵隐飞来孤。"

④清猿:指白猿峰。灵隐山上有五峰:飞来峰、白猿峰、稽留峰、月桂峰和莲华峰。白猿峰又名呼猿峰,以理公呼猿得名,在莲华峰之西。顶亦有大石,其下为呼猿洞。

⑤禁垣:皇宫城墙,此指皇宫。孟球《和主司王起》:"仙籍共知推丽藻,

禁垣同得荐嘉名。"师帅：《周礼》军制中师的统帅，亦为州长。《周礼·夏官·序官》："二千有五百人为师，师帅皆中大夫。"孙诒让正义引江永曰："州出二千五百人为师，师帅，中大夫，即州长也。"后用来指一方的长官和统帅，如苏轼《上虢州太守启》："惟此山河之胜，宜膺师帅之权。"陈襄以知制诰知杭州，故称其为"禁垣师帅"。

⑥欢谣：《花草粹编》卷九作"歌谣"。

⑦天使：天子的使臣。此指陈襄。

⑧红儿：杜红儿，唐代名妓。广明中，罗虬为李孝恭从事。籍中有善歌者杜红儿，虬令之歌，赠以彩。孝恭以红儿为副戎所盼，不令受。虬怒，手刃红儿。既而追其冤，作《比红儿》诗百首为一卷。（见《全唐诗·〈比红儿诗序〉》）。后亦用以泛称歌妓。肉声：没有乐器伴奏的清唱。王定保《唐摭言·海叙不遇》："籍中有红儿者，善肉声，常为贰车属意。"长调：慢曲，以曲调舒缓得名。如仙吕宫《八声甘州》、商调《山坡羊》等。南曲联套方法，大多以慢曲在前，急曲在后。

⑨潇湘故人：语出南朝梁代诗人柳恽《江南曲》："洞庭有归客，潇湘逢故人。故人何不返，春华复应晚。不道新知乐，只言行路远。"张先用此借指与陈襄共同怀念的故友。

⑩"离情"句：以芳草寄托离情，是古诗词常见手法，最早见于《楚辞·招隐士》："王孙游兮不归，春草生兮萋萋。"白居易《赋得古原草送别》："远芳侵古道，晴翠接荒城。又送王孙去，萋萋满别情。"

虞美人

述古移南郡

恩如明月家家到。无处无清照。一帆秋色共云遥。眼力不知人远、上江桥①。　　愿君书札来双鲤②。古汴东流水③。宋王台畔楚宫西④。正是节趣归路、近沙堤⑤。

词题中"南郡",指应天府河南郡,今河南商丘。此词当作于熙宁七年(1074)六月陈襄(字述古)即将离杭赴知应天府时。杨绘《时贤本事曲子集》曾记:"陈述古守杭,已及瓜代,未交前数日,宴僚佐于有美堂,因请贰车苏子瞻赋词。子瞻即席而就。"苏轼有《虞美人·有美堂赠述古》、《诉衷情·送述古迓元素》、《菩萨蛮·西湖席上代诸妓送陈述古》、同调《西湖送述古》、《江城子·孤山竹阁送述古》、《清平乐·送述古赴南都》、《南乡子·送述古》等七首。张先此词,当与苏轼同赋。

【注释】

①"眼力"句:借用《诗经·邶风·燕燕》诗意,其云:"燕燕于飞,差池其羽。之子于归,远送于野。瞻望弗及,泣涕如雨。"

②双鲤:古时对书信的称谓。典出古乐府《饮马长城窟行》:"客从远方来,遗我双鲤鱼。呼儿烹鲤鱼,中有尺素书。"纸张出现以前,书信多写在白色丝绢上,为使传递过程中不致损毁,古人常把书信扎在两片竹木简中,简多刻成鱼形,故称。

③古汴:指汴河。

④宋王台:即平台,在今河南商丘。汉梁孝王大治宫室,自宫连属于平台三十余里,与邹、枚、相如之徒并游其上,即此也。楚宫:古宫殿名。春秋卫文公在楚丘(今河南滑县)营建。《诗经·鄘风·定之方中》:"定之方中,作于楚宫。"朱熹集传:"楚宫,楚丘之宫也……卫为狄所灭,文公徙居楚丘,营立宫室。"

⑤节趣:停止向前。趣,《历代诗余》卷三〇作"趋"。沙堤:详见《破阵乐》(四堂互映)注⑮。

【汇评】

宋·许𫖮:"燕燕于飞,差池其羽。之子于归,远送于野。瞻望弗及,泣涕如雨。"此真可泣鬼神矣。张子野长短句云:"眼力不知人,远上溪桥去。"东坡《送子由诗》云:"登高回首坡陇隔,惟见乌帽出复没。"皆远绍其意。(《彦周诗话》)

钱锺书:张先《虞美人》:"一帆秋色共云遥。眼力不知人远、上江桥。"

许氏(许颛)误忆,然"如"字含蓄自然,实胜"知"字,几似人病增妍,珠愁转莹。陈师道《送苏公知杭州》之"风帆目力短",即"眼力不如人远"也。去帆愈迈,望眼已穷,于是上桥眺之,因登高则视可远,此张词之意。曰"不知",则质言上桥之无济于事,徒多此举;曰"不如",则上桥尚存万一之可冀,稍延片刻之相亲。……张氏《南乡子》:"春水一篙残照阔。遥遥。有个多情立画桥。"《一丛花令》:"嘶骑渐遥,征尘不断,何处认郎踪。"盖再三摹写此境,要以许氏所标举者语最高简。(《管锥编》)

河满子

陪杭守泛湖夜归

溪女送花随处,沙鸥避乐分行。游舸已如图障里,小屏犹画潇湘①。人面新生酒艳,日痕更欲春长②。　　衣上交枝斗色,钗头比翼相双。片段落霞明水底,风纹时动妆光。宾从夜归无月,千灯万火河塘③。

【题解】

题中"杭守"指陈襄。熙宁七年(1074)六月,陈襄离杭移守南郡,宴僚佐于有美堂,苏轼作《虞美人·有美堂赠述古》词赠别,有"沙河塘里灯初上"句,此词云"千灯万火河塘",当作于同时。

【注释】

①"小屏"句:语出顾复《浣溪沙》词:"小屏犹掩旧潇湘。"

②日痕:指日光。

③河塘:沙河塘,在钱塘县(今浙江杭州)南五里。唐咸通中,杭州刺史崔亮开沙河以通海潮。吴文英《醉桃源·赠卢长笛》词:"沙河塘上旧游嬉。"

芳草渡

双门晓锁响朱扉①。千骑拥、万人随②。风乌弄影画船移③。歌时泪，和别怨，作秋悲④。　　寒潮小，渡淮迟⑤。吴越路、渐天涯。宋王台上为相思⑥。江云下，日西尽，雁南飞。

【题解】

词云"千骑拥、万人随"，又云"吴越路、渐天涯。宋王台上为相思"，当是熙宁七年(1074)六月送陈襄离杭赴应天府作。

【注释】

①双门：详见《破阵乐》(四堂互映)注②。

②千骑：详见《破阵乐》(四堂互映)注⑰。

③风乌：即相风乌，古代铜制的乌形风向器。装饰于建筑高处。《三辅黄图·台榭》："长安宫南有灵台，高十五仞……有相风铜乌，遇风乃动。"骆宾王《咏雪》诗："影乱铜乌吹，光销玉马津。"

④作秋悲：用宋玉典，其《九辩》云："悲哉秋之为气也！萧瑟兮草木摇落而变衰，憭栗兮若在远行。登山临水兮送将归。"

⑤渡淮：宋时自杭北上，皆经水路，由运河过江，然后渡淮入汴。

⑥宋王台：详见《虞美人》(恩如明月家家到)注④。宋王：《词谱》卷一〇作"楚王"。

沁园春

寄都城赵阅道

心膂良臣①，帷幄元勋，左右万几②。暂武林分阃③，东南外翰,锦衣乡社④。未满瓜时⑤,易镇梧台⑥,宣条期岁⑦,又西指夷桥千骑移⑧。珠滩上,喜《甘棠》翠荫⑨,依旧春晖。

须知。系国安危。料节召、还趋浴凤池⑩。且代工施化⑪,持钧播泽⑫,置盂天下⑬,此外何思。素卷书名⑭,赤松游道⑮,飙驭云輧仙可期⑯。湖山美,有啼猿唤鹤,相望东归。

【题解】

题中"赵阅道"为赵抃。他于熙宁三年(1070)四月知杭州,同年十二月徙知青州,熙宁五年(1072)七月自青州赴知成都,七年(1074)六月自成都徙知越州,十年(1077)五月自越州再知杭州,元丰二年(1079)二月在杭州以太子少保致仕。根据词意,该词当作于熙宁七年赵抃自成都还京,将赴越州任时。词作上片"暂武林分阃",叙赵抃先后知杭州、青州、成都,下片所云"湖山美,有啼猿唤鹤,相望东归",指其自成都迁知越州。

【注释】

①心膂:心与脊骨,喻主要的辅佐人员。

②万几:语本《尚书·皋陶谟》:"兢兢业业,一日二日万几。"孔传:"几,微也。言当戒惧万事之微。"后常用以指帝王日常处理的纷繁政务,此处意谓赵抃处理纷繁之政务。神宗立位,赵抃拜参知政事,故云。几,《十名家词》本作"机"。

③暂武林分阃:指赵抃于熙宁三年首次知杭州事。分阃,详见《喜朝天》(晓云开)注⑬,此指赵抃出任州郡长官。

④锦衣:精美华丽的衣服,旧指显贵者的服装。《诗经·秦风·终南》:"君子至止,锦衣狐裘。"毛传:"锦衣,采色也。"孔颖达疏:"锦者,杂采为文,故云采衣也。"李白《越中览古》诗:"越王句践破吴归,义士还家尽锦衣。"乡社:乡里,故乡。赵抃为浙江衢州人,故云。

⑤未满瓜时:《左传·庄公八年》记载,齐侯在食瓜季节派连称、管至父去戍守葵丘,答应第二年食瓜季节派人替换他们。后遂以"瓜代"指官吏到任期满由他人接替,用"瓜期、瓜戍、瓜时、及瓜、满瓜"等指官吏就任或任期

届满。骆宾王《晚度天山有怀京邑》诗:"旅思徒漂梗,归期未及瓜。"此指赵抃知杭州日期未满,便徙知青州。按宋制,地方官三年一任。赵抃于熙宁三年四月知杭,同年十二月移知青州,故云。

⑥梧台:战国齐梧宫之台。故址在今山东淄博东北。韩翃《送张儋水路归北海》诗:"片帆依白水,高枕卧青州。柏寝寒芜变,梧台宿雨收。"临淄为青州治所,故以梧台代指青州。

⑦宣条期岁:指赵抃知青州一周年。宣条,宣布政令。《晋书·良吏传论》:"鲁芝等建旟剖竹,布政宣条,存树威恩,没留遗爱。"

⑧"又西指"句:指赵抃于熙宁五年再知成都。夷桥,即夷里桥,又名笮桥,为秦李冰所建,桥用竹索编成,故址在今四川成都西南。常璩《华阳国志·蜀志》:"(西南两江有七桥)城南曰江桥;南渡流曰万里桥;西上曰夷里桥,亦曰笮桥。"《晋书》记载晋永和四年:"(李)势于是悉众与(桓)温战于笮桥。"此以夷桥代指成都。

⑨甘棠:《诗经·召南》名篇。《毛诗序》云:"《甘棠》,美召伯也。召伯之教,明于南国。"郑笺云:"召伯听男女之讼,不重烦百姓,止舍小棠之下而听断焉,国人被其德,说其化,思其人,敬其树。"后遂以"甘棠"称美循吏,追怀美政。

⑩节召:使者持节宣召。凤池:即凤凰池,指中书省,在朝廷中握有实权的职位。谢朓《直中书省》诗:"兹言翔凤池,鸣佩多清响。"

⑪代工:人臣辅佐君王,以代行天之使命。《尚书·皋陶谟》:"无旷庶官,天工人其代之。"孔颖达疏:"天不自治,立君乃治之;君不独治,为臣以佐之。"后遂以指辅佐王室。

⑫持钧:执政。钧为衡石,持钧即持衡,意谓国之轻重皆出其手。比喻官居要职,执掌政权或处于关键位置。李白《书怀赠南陵常赞府》诗:"赖得契宰衡,持钧慰风俗。"

⑬置盂天下:指播泽天下。

⑭素卷书名:功名著于书卷,传于后世。素卷,书卷。杨巨源《题表丈三大夫书斋》诗:"素卷堆瑶席,朱弦映绛纱。"

⑮赤松游道:指功成身退。赤松,即赤松子,古代神话传说中的上古仙

人。刘向《列仙传》:"赤松子者,神农时雨师也。服水玉,以教神农,能入火自烧。往往至昆仑山上,常止西王母石室中,随风雨上下。"

⑯飙驭云軿(píng):御风而行的仙车。云軿,神仙所乘之车。以云为之,故云。沈约《赤松涧》诗:"神丹在兹化,云軿于此陟。"梅尧臣《题刘道士奉真亭》诗:"芝盖云軿杳无至,不知谁更似杨权。"

更漏子

流杯堂席上作

相君家①,宾宴集。秋叶晓霜红湿。帘额动,水纹浮②。缬花相对流③。 薄霞衣④,酺酒面。重抱琵琶轻按⑤。回画拨⑥,抹幺弦⑦。一声飞露蝉⑧。

【题解】

此词和下首《劝金船·流杯堂唱和翰林主人元素自撰腔》词,当是同时所作,为熙宁七年(1074)秋与杨绘、苏轼宴集时作。详见下首题解。流杯堂,又名流杯亭,在杭州。

【注释】

①相君:指杨绘。唐开元二十六年,改翰林供奉为学士,别置学士院,其后选用益重,因此翰林学士被称为内相或内翰。熙宁七年六月,杨绘以翰林侍读学士、尚书礼部侍郎知杭州,故称。

②水纹:指有水波状花纹图案的帘。李益《写情》诗:"水纹珍簟思悠悠,千里佳期一夕休。"

③缬花:缬是中国古代的一种印染方法。释玄应《一切经音义》:"缬,谓以丝缚缯染之,解丝成文曰缬也。"此指彩花。缬花相对流:《历代诗余》卷一五、《十名家词》本作"彩花和水流。"

④衣:《历代诗余》卷一五、《十名家词》本作"裳"。

⑤轻按：轻弹。

⑥回画拨：用拨子在琵琶中部划过四弦。白居易《琵琶行》诗："曲终收拨当心画，四弦一声如裂帛。"拨，拨子，演奏琵琶的工具。

⑦抹：弹奏的指法，用右手食指肉触弦，取势向右抹进。白居易《琵琶行》诗："轻拢慢捻抹复挑，初为《霓裳》后《六幺》。"幺弦：琵琶共有四弦，第四弦为幺弦。此弦最细，故称。刘禹锡《奉和淮南李相公早秋即事寄成都武相公》诗："聆音还窃抃，不觉抚幺弦。"

⑧"一声"句：比喻琵琶的乐声。吴融《李周弹筝歌》诗："始似五更残月里，凄凄切切清露蝉。"知不足斋本、《彊村丛书》本注："'露'一作'噪'。"

劝金船

流杯堂唱和翰林主人元素自撰腔

流泉宛转双开窦。带染轻纱皱。何人暗得金船酒①。拥罗绮前后。绿定见花影，并照与、艳妆争秀。行尽曲名，休更再歌《杨柳》②。　　光生飞动摇琼甃③。隔障笙箫奏④。须知短景欢无足⑤，又还过清昼。翰阁迟归来⑥，传骑恨、留住难久。异日凤凰池上⑦，为谁思旧。

【题解】

此词以下十一首原编鲍本《补遗》上。此与前首《更漏子·流杯堂席上作》同作于熙宁七年（1074）九月。词中"翰林主人元素"指杨绘。熙宁七年九月，苏轼以太常博士知密州，罢杭州通判任，知州杨绘饯别于流杯堂，张先参与。席中，杨绘自度《劝金船》曲，苏轼、张先相酬唱。《词谱》卷二一在苏轼《劝金船》下注云："此与张先词同，为和杨绘作，当时只传此二词。"

【注释】

①金船：一种金质的盛酒器。庾信《北园新斋成应赵王教》诗："玉节调

笙管,金船代酒卮。"倪璠注:"《八王故事》曰:'陈思有神思,为鸭头杓,浮于
九曲酒池。王意有所劝,鸭头则回向之。又为鹊尾杓,柄长而直。王意有
所到处,于罇上镟之,鹊则指之。'……按:金船即鸭头杓之遗,陈思王所制
也。后李白诗云:'却放酒船回。'李商隐诗云:'雨送酒船香。'皆云酒卮,盖
本此也。"

②杨柳:即《杨柳枝》,曲调名。详见《武陵春》(每见韶娘梳鬓好)注⑤。

③琼甃(zhòu):指酒杯,即金船。

④"隔障"句:隔帘奏乐。唐宋时歌妓以歌乐佐觞,有当筵而佐和隔帘
而佐两种情形,柳永的《隔帘听》词牌即取字面本意,指的就是后一种情形。

⑤短景:指日影短,白昼将尽。杜甫《阁夜》诗:"岁暮阴阳催短景,天涯
霜雪霁寒宵。"

⑥"翰阁"句:意指杨绘受诏还朝,再为翰林学士兼侍读。归来,指杨绘
奉诏还朝。

⑦凤凰池:指在朝廷中握有实权的职位。详见《沁园春》(心膂良臣)
注⑩。

【汇评】

清·方成培:宋时知音者,或先制腔而后实之以词,如杨元素自制腔,
张子野、苏东坡填词实之,名《劝金船》,范石湖制腔,而姜尧章填词实之,名
《玉梅令》之类是也。(《香研居词尘》)

定风波令

次韵子瞻送元素内翰

浴殿词臣亦议兵①。禁中颇牧党羌平②。诏卷促归难自缓。
溪馆。彩花千数酒泉清。　　春草未青秋叶暮。□去③。一家
行色万家情。可恨黄莺相识晚④。望断。湖边亭上不闻声。

【题解】

《历代诗余》卷四一调无"令"字。词题云"次韵子瞻送元素内翰",和上

两首一样,作于熙宁七年(1074)九月。

【注释】

①浴殿:唐代大明宫有浴堂殿,皇帝常在此召见翰林学士。《旧唐书·柳公权传》:"充翰林书诏学士,每浴堂召对,继烛见跋,语犹未尽。"杨绘时为翰林学士,故称为"浴殿词臣"。

②禁中:朝廷。颇牧:战国名将廉颇、李牧的并称,后以此为大将的代称。《新唐书·毕诚传》:"帝悦曰:'吾将择能帅者,孰谓颇牧在吾禁署,卿为朕行乎?'"党羌:党项羌族,羌族的一支,居今甘肃、宁夏、陕北一带。宋时为西夏,多次交兵,为北宋边患之一。

③□去:《历代诗余》卷四一作"客去",《安陆集》作"归去"。

④黄莺相识:语出戎昱《移家别湖上亭》诗,其云:"黄莺久住浑相识,欲别频啼四五声。"

又

再次韵送子瞻

谈辨才疏堂上兵。画船齐岸暗潮平。万乘靴袍曾好问①。须信。文章传口齿牙清②。　三百寺应游未遍③。□算④。湖山风物岂无情。不独渠丘歌叔度⑤。行路。吴谣终日有余声。

【题解】

此词与前首同作于熙宁七年(1074)九月。《历代诗余》卷四一题作"送子瞻"。

【注释】

①"万乘"句:指熙宁二年神宗召见苏轼之事。《续资治通鉴长编拾遗》卷四:"熙宁二年五月,群臣准诏议学校贡举,多欲变改旧法,独殿中丞、直史馆、判官告院苏轼云云。上得苏轼议,喜曰:'吾固疑此,得苏轼议,释然

矣。'即日召见。问：'何以助朕？'轼对曰：'陛下求治太急，听言太广，进人太锐。愿陛下安静以待物来，然后应之。'上悚然听受，曰：'卿三言，朕当详思之。'"万乘，指天子、帝王。周代制度规定，天子地方千里，能出兵车万乘，因以"万乘"称天子。

②文章传口：指苏轼文章为人传诵。

③"三百寺"句：典出苏轼《怀西湖寄晁美叔同年诗》："三百六十寺，幽寻遂穷年。"

④□：《历代诗余》卷四一作"还"，《安陆集》作"重"。

⑤渠丘：渠丘氏，以邑为氏。郑樵《通志·氏族三·以邑为氏》："渠丘氏，亦作著邱氏，嬴姓，莒国之君，居于渠丘，故谓之渠丘公。今密州莒县有渠丘城。"此泛指密州民众。歌叔度：叔度为廉范字，京兆杜陵人，赵将廉颇之后。曾于建初中，任蜀郡太守。成都地方民物风盛，邑宇逼侧，旧制禁民夜作，以防火灾，而更相隐蔽，烧者日属。廉范毁削先令，但严令使储水。百姓感到方便，歌之曰："廉叔度，来何暮。不禁火，民安作。平生无襦今五袴。"此以廉范比喻苏轼。

又

雪溪席上，同会者六人：杨元素侍读，刘孝叔吏部，苏子瞻、李公择二学士，陈令举贤良。

西阁名臣奉诏行①。南床吏部锦衣荣②。中有瀛仙宾与主③。相遇。平津选首更神清④。　　溪上玉楼同宴喜。欢醉。对堤杯叶惜秋英⑤。尽道贤人聚吴分。试问。也应旁有老人星⑥。

【题解】

此词作于熙宁七年(1074)九月。"同会者六人"分别是：张先、杨绘、刘述、苏轼、李常、陈舜俞。王文诰《苏轼总案》卷一二云："熙宁七年九月，公以太常博士、直史馆、权知密州军州事，罢杭州通守任。……公既发，杨绘复远送之，而陈舜俞、张先皆从，遂同访李常于湖州。刘述亦在，张先赋《六客词》。"《六客词》即此首。《花草粹编》卷七、《历代诗余》卷四一调无"令"字。《历代诗余》卷四一题作"雪溪席上"。

【注释】

①西阁名臣：指杨绘。西阁即西垣、西掖，唐宋时中书省的别称。宋翰林学士皆加知制诰，与中书舍人相似，掌起草诏令、制诰等，故亦以"西阁"相称。

②南床：侍御史的别称。唐宋御史台食坐之南设横榻，称南床。殿中监察御史不得坐，惟侍御史可坐，而侍御史例不出累月即迁南省（尚书省），故俗称侍御史为南床。王禹偁《贺冯起张秉二舍人》诗："八年东观知深屈，百日南床只暂经。"英宗治平四年，刘述召为侍御史知杂事，故以此称之。锦衣：详见《沁园春》(心膂良臣)注④。此言刘述官位通显，荣还家乡。

③瀛仙：神仙，此为敬称。瀛即瀛洲，传说中的仙山。《列子·汤问》："渤海之东，不知几亿万里……其中有五山焉：一曰岱舆，二曰员峤，三曰方壶，四曰瀛洲，五曰蓬莱……所居之人皆仙圣之种。"主：指李常。李常此时任知湖州。

④平津选首：指陈舜俞与苏轼。陈舜俞于嘉祐四年获制科四等，时为第一；苏轼于嘉祐六年中制科三等，亦为当时第一，故云。平津：泛指丞相等高级官僚，典出《汉书·公孙弘传》："元朔中，(公孙弘)代薛泽为丞相。先是，汉帝以列侯为丞相，唯弘无爵。上于是下诏曰：'朕嘉先圣之道，开广门路，宣招四方之士，盖古者任贤而序位，量能以授官。……其以高成之平津乡户六百五十封丞相弘为平津侯。'"

⑤对堤杯叶：《安陆集》本作"绕堤红叶"。

⑥老人星：即南极星。古人认为它主寿命，亦称寿星。《史记·天官书》："狼比地有大星，曰南极老人。老人见，治安；不见，兵起。"张守节正义："老人一星，在弧南，一曰南极，为人主占寿命延长之应。"此张先自喻。

此时张先虚岁已 85 岁。

【汇评】

清·刘熙载：词贵得本地风光，张子野游垂虹亭作《定风波》有云："见说贤人聚吴分。试问。也应傍有老人星。"是时，子野年八十五，而坐客皆一时名人，意确切而语自然，洵非易到。(《艺概·词概》)

木兰花

席上赠周、邵二生

轻牙低掌随声听[①]。合调破空云自凝[②]。姝娘翠黛有人描[③]，琼女分鬟待谁并[④]。　　弄妆俱学闲心性。固向鸾台同照影[⑤]。双头莲子一时花[⑥]，天碧秋池水如镜。

【题解】

词题中"周、邵二生"乃湖州州妓。据吴聿《观林诗话》："东坡在湖州，甲寅年与杨元素、张子野、陈令举，由苕雪泛舟至吴兴。东坡家尚出琵琶，并沈冲宅犀玉，共三面胡琴。又州妓一姓周，一姓邵，呼为二南。子野赋《六客辞》。后子野、令举、孝叔化去，惟东坡与元素、公择在尔。元素因作诗寄坡云：'仙舟游漾雪溪风，三奏琵琶一舰红。闻望喜传新政异，梦魂犹忆旧欢同。二南籍里知谁在，六客堂中已半空。细问人间为宰相，争如愿住水晶宫。'……吴兴有水晶宫之号，故云。"则张先此词也是熙宁七年(1074)九月在湖州作。知不足斋本、《彊村丛书》本、《湖州词征》本、《全宋词》本"周"作"同"，今从《观林诗话》《历代诗余》卷三一改作"周"。

【注释】

①轻牙低掌：指轻声低唱。轻牙，牙板轻拍。低掌，轻轻击掌，以合歌拍。

②合调:指歌声丝丝入扣,与乐曲音律、音节谐合。破空云自凝:指乐声美好,破空而来,空山里的浮云被乐音吸引,凝滞不动。李贺《李凭箜篌引》诗:"吴丝蜀桐张高秋,空山凝云颓不流。"空,《历代诗余》卷三一作"宫"。

③姝娘:指周、邵二妓。姝,《历代诗余》卷三一作"珠"。

④待谁并:指分鬟后何人为之合鬟。挽发而笄,称为合鬟。刘孝威《和定襄侯八绝初笄》诗:"合鬟仍昔发,略鬓即前丝。从今一梳罢,无复更萦时。"

⑤鸾台:鸾镜台。鸾镜,饰有鸾鸟图案的妆镜。鸾鸟是古代传说中的神鸟,据刘敬叔《异苑》载:"罽宾王养一鸾,三年不鸣。后悬镜照之。鸾睹影悲鸣,一奋而绝。"后人常在诗中以鸾镜表示临镜而生悲。

⑥双头莲子:莲的一种,双莲同茎,此喻指周、邵二妓。

泛清苔

正月十四日与公择吴兴泛舟

绿净无痕。过晓霁清苔①,镜里游人。红柱巧②,彩船稳③,当筵主、秘馆词臣④。吴娃劝饮韩娥唱⑤,竞艳容、左右皆春⑥。学为行雨,傍画桨,从教水溅罗裙⑦。　　溪烟混月黄昏⑧。渐楼台上下,火影星分⑨。飞槛倚,斗牛近⑩,响箫鼓、远破重云。归轩未至千家待⑪,掩半妆、翠箔朱门。衣香拂面,扶醉卸簪花,满袖余温⑫。

【题解】

此调"清"字原作"青",今据《花草粹编》卷一二、《百家词》诸本改。《花草粹编》卷一二注:"一名《感皇恩》。"《词谱》卷三五、《十名家词》本注:"一名《感皇恩慢》。"《词谱》卷三五注:"调见张先词,吴兴泛舟作,即赋本意也。……此张先自度曲,无别首可校。"题中"公择"为李常。熙宁初,李常为秘阁校理,熙宁七年(1074)三月以秘阁校理任知湖州,九年(1076)三月移知齐州。题云"正月十四日与公择吴兴泛舟",当是熙宁八年(1075)作。

【注释】

①清苕:即苕溪,在浙江省北部。有二源:出天目山之南者为东苕,出天目山之北者为西苕。分流至湖州后汇合,名霅溪,往北注入太湖。夹岸多苕,秋后花飘水上如飞雪,故名。

②红柱:《花草粹编》卷一二、《词谱》卷三五、《安陆集》作"红妆"。

③彩船:《词律拾遗》卷五注:"叶本作'画船'。"

④当筵主:指李常。秘馆词臣:亦指李常。秘阁为宋代官职名。北宋宋太宗端拱元年五月辛酉,在崇文院中堂建阁,称秘阁,收藏三馆书籍真本及宫廷古画墨迹等,有直秘阁、秘阁校理等官。元丰改制,并归秘书省。李常于熙宁初为秘阁校理,熙宁七年又以秘阁校理知湖州,故以"秘馆词臣"称之。

⑤吴娃:吴地美女,此与"韩娥"同,均指席间之歌舞伎。韩娥:相传为古代韩国的善歌者。典出《列子·汤问》:"秦青顾谓其友曰:'昔韩娥东之齐,匮粮,过雍门,鬻歌假食,既去,而余音绕梁欐,三日不绝,左右人以其人弗去。'"

⑥皆:《花草粹编》卷一二作"偕",《安陆集》作"生"。

⑦"学为行雨"三句:典故,出于《太平广记》卷二〇〇引《抒情诗》:"唐丞相李蔚镇淮南日,有布素之交孙处士,不远千里,径来修谒。蔚浃月留连。一日告发,李敦旧分,游河祖送,过于桥下,波澜迅激,舟子回拨,举篙溅水,近坐饮妓,湿衣尤甚。李大怒,令携舟子,荷于所司,处士拱而前曰:'因兹宠饯,是某之过,敢请笔砚,略抒荒芜。'李从之。乃以《柳枝》词曰:'半额微黄金缕衣,玉搔头袅凤双飞。从教水溅罗裙湿,还道朝来行雨归。'李览之,释然欢笑,宾从皆赞之,命伶人唱其词,乐饮至暮,舟子赦罪。"

⑧溪烟:《词谱》卷三五作"烟溪"。

⑨"渐楼台"二句:写元宵张灯之多。陈元靓《岁时广记·上元》引《国朝会要》曰:"乾德五年诏:朝廷无事,区宇咸宁,况年谷之屡丰,宜士民之纵

乐,上元(元宵)可更增两夜,起于十四,止于十八。"

⑩斗牛:二十八星宿中的斗宿和牛宿。庾信《哀江南赋》:"路已分于湘汉,星犹看于斗牛。"古代指吴越地区。因其当斗、牛二宿之分野,故词中说"斗牛近"。

⑪归轩:归车。轩指古代一种有围棚或帷幕的车,后泛指华美的车子。江淹《别赋》:"至若龙马银鞍,朱轩绣轴。"

⑫温:《词谱》卷三五作"氲"。

木兰花

乙卯吴兴寒食

龙头舴艋吴儿竞①。笋柱秋千游女并②。芳洲拾翠暮忘归③,秀野踏青来不定④。　　行云去后遥山暝⑤。已放笙歌池院静。中庭月色正清明,无数杨花过无影。

【题解】

据题中"乙卯",可知此词作于神宗熙宁八年(1075)。吴兴,即今浙江湖州。寒食,即寒食节,在清明节前一日或二日,古人常在此节日扫墓、春游。

【注释】

①"龙头"句:宋时湖州风俗,于寒食、清明举行龙舟竞渡,与端午楚地为纪念屈原举行龙舟会的文化习俗不同。舴艋,龙舟之一种,形状如蚱蜢,两头尖而船首雕龙。《广雅·释水》:"舴艋,舟也。"

②"笋柱"句:指游女成对玩秋千游戏。秋千是中国古代北方少数民族创造的一种游戏。春秋时期传入,汉代以后,逐渐成为清明、端午等节日进行的民间习俗活动并流传至今。笋柱,竹柱,秋千的两端用竹做成。

③芳洲:芳草丛生的小洲。语出屈原《九歌》:"采芳洲兮杜若。"王逸章

58

句:"芳洲,香草丛生水中之处。"拾翠:详见《山亭宴慢》(宴亭永昼喧箫鼓)注⑥。

④秀野:秀美的原野。谢灵运《入彭蠡湖口》诗:"春晚绿野秀,岩高白云屯。"踏青:又叫探春、寻春。寒食、清明时出游郊野。踏青的习俗在中国由来已久,传说远在先秦时已形成,也有说始于魏晋。李淖《秦中岁时记》记载:上巳(农历三月初三),赐宴曲江,都人于江头褉饮,践踏青草,谓之踏青履。孟浩然《大堤行寄万七》:"岁岁春草生,踏青二三月。"

⑤行云:指如云的游女。

【汇评】

清·朱彝尊:张子野《吴兴寒食》词:"中庭月色正清明,无数杨花过无影。"余尝叹其工绝,在世所传"三影"之上。咏梅者类取材于"疏影"、"暗香",侍御(指林汉翀)独以无影形容之,亦夺胎法也。诗云:"玉蕊含风香,苔枝带霜冷。夜静月溟蒙,空庭卧无影。"(《静志居诗话》卷一六)

清·李调元:"张三影"已胜称人口矣,尚有一词云:"无数杨花过无影。"合之应名"四影"。(《雨村词话》卷一)

清·周曾锦:张子野词"云破月来花弄影","娇柔懒起,帘压卷花影","柳径无人,堕飞絮无影",人因目之为"张三影"。余按子野词,又有句云:"隔墙送过秋千影。"又云:"中庭月色正清明,无数杨花过无影。"又诗句云:"浮萍破处见山影。"语并精妙,然则不止三影也。此公专好绘影,亦是一癖。又按"柳径无人"二句,子野词集作"柔柳摇摇,堕轻絮无影"。(《卧庐词话》)

清·丁绍仪:昔张子野有"云破月来花弄影"、"娇柔懒起,帘幕卷花影"、"柔柳摇摇,坠轻絮无影"句,自诩为"张三影"。尚有"隔墙飞过秋千影"、"无数杨花过无影"二语,均工绝。(《听秋声馆词话》卷五)

清·蒋敦复:三影句,说者不一,余与之审定,为"无数杨花过无影"、"隔墙送过秋千影"、"云破月来花弄影"三语。(《芬陀利室词话》卷三)

又

去春自湖归杭,忆南园花已开,有"当时犹有蕊如梅"之句。今岁还乡,南园花正盛,复为此词以寄意。

去年春入芳菲国①。青蕊如梅终忍摘。阑边徒欲说相思,绿蜡密缄朱粉饰②。 归来故苑重寻觅。花满旧枝心更惜。鸳鸯从小自相双,若不多情头不白。

【题解】

此词与前首《木兰花》同作于熙宁八年(1075)春。夏承焘先生《张子野年谱》:"熙宁八年乙卯,八十六岁。春,在吴兴,作《木兰花·乙卯吴兴寒食》,同调《去春自湖归杭今岁还乡》。""当时犹有蕊如梅"之句指的是词作《玉联环》(南园已恨归来晚),作于熙宁七年(1074)春。

【注释】

①芳菲国:指南园,在湖州,张先家住址。详见《醉落魄》(山围画障)注⑦。

②绿蜡密缄:指芭蕉的心。叶子卷卷的未曾展开,像绿色的蜡烛一样。有诗人引喻芳心未展的少女。钱翊《未展芭蕉》诗:"冷烛无烟绿蜡干,芳心犹卷怯春寒。"

天仙子

公择将行

坐治吴州成乐土①。诏卷风飞来圣语②。亲舆乞得便藩归③,瑶席主,杯休数。清夜为君歌《白苎》④。 花接旧枝新蕊吐。造化不知人有助。看花岁岁比《甘棠》⑤，嘉月暮⑥。东门路⑦。只恐带将春色去。

【题解】

题中"公择"为李常，他于熙宁七年（1074），以太常博士充秘阁校理知湖州，熙宁九年（1076）三月，移知齐州。题中称其"将行"，词中又说"坐治吴州成乐土。诏卷风飞来圣语"，当是熙宁九年（1076）在湖州送李常离任作。

【注释】

①吴州：指湖州。乐土：安乐的地方。《诗经·魏风·硕鼠》："逝将去女，适彼乐土。"杜甫《垂老别》诗："何乡为乐土，安敢尚盘桓。"

②"诏卷"句：指熙宁九年三月，诏李常迁尚书祠部员外郎徙齐州，湖州由章惇接任。

③"亲舆"句：侍亲归故里。王粲《赠士孙文始》诗："四国方阻，俾尔归蕃。"陆机《答贾长渊》诗："陈留归蕃，我皇登禅。"

④白苧：同《白纻》，曲名。产于吴地的舞曲。至晚从晋代起，它就作为一支宫廷舞曲流传，因此有很多歌辞。这些歌辞的内容大体相同，主要是描摹《白纻》舞女的舞姿体态。吴兢《乐府解题》："《白纻歌》有《白纻舞》，吴人之歌舞也。吴地出纻，故因所见以寓意。始则田野所作，后则大乐用焉。其音入清商调，故清商七曲有《子夜》者即《白纻》也。在吴歌为《白纻》，在雅歌为《子夜》。"汤惠休创作有《白纻歌》三首。

⑤甘棠：详见《沁园春》（心膂良臣）注⑨。

⑥嘉月：美好的月份，多指春月。此指三月。语出王褒《九怀·危俊》："陶嘉月兮总驾，搴玉英兮自修。"

⑦东门路：古诗词中指离别处。白居易《秦中吟》诗："寂寞东门路，无人继去尘。"

离亭宴

公择别吴兴

捧黄封诏卷①。随处是、离亭别宴。红翠成轮歌未遍。已恨野桥风便②。此去济南非久③,惟有凤池鸾殿④。三月花飞几片⑤。　　又减却、芳菲过半。千里恩深云海浅。民爱比、春流不断。更上玉楼西,归雁与、征帆共远⑥。

【题解】

词题云“公择别吴兴”,也是熙宁九年(1076)三月送李常离湖州作。《词谱》卷一八注:“调始见张先,因词中有‘随处是、离亭别宴’句,取以为名。”

【注释】

①黄封诏卷:指朝廷诏书。古时诏书盛以锦囊,用黄纸书写,紫泥封口,上面盖印,故又称紫诰。高承《事物纪原》卷二“黄敕”条云:“唐高宗上元三年,以制敕施行既为永式,用白纸多为虫蛀,自今已后,尚书省颁下诸州、诸县,并用黄纸。敕用黄纸,自高宗始也。”杜甫《赠翰林张四学士(垍)》诗:“紫诰仍兼绾,黄麻似六经。”

②已恨:《词谱》卷一八作“早已恨”。

③济南:今山东济南。济南最早见于史册记载的名称是泺,曾称为历下、历城。济南之名始于汉初。汉文帝十六年以济南为国,后改称济南郡。隋唐称齐州、齐郡、济南郡。北宋时为齐州治所。

④“惟有”句:意谓不久将入主中枢,升入禁省。

⑤“三月”句:语出杜甫《曲江》二首之一:“一片花飞减却春,风飘万点正愁人。”

⑥“更上”二句:《词谱》卷一八作“更上玉楼西望雁与征帆共远”。

感皇恩

徐铎状元

延寿芸香七世孙①。华轩承大对②,见经纶。溟鱼一息化天津③。袍如草④,三百骑,从清尘。　玉树莹风神⑤。同时棠棣萼⑥,一家春。十年身是凤池人⑦。蓬莱阁⑧,黄阁主⑨,迟谈宾⑩。

【题解】

词题云"徐铎状元",当是熙宁九年(1076)贺徐铎进士及第作。吴自牧《梦粱录》卷一七《状元表》:"熙宁九年,徐铎。"《百家词》本、《彊村丛书》本、《湖州词征》本调作《小重山》。

【注释】

①"延寿"句:意谓徐铎出身于书香世家。延寿,典出《后汉书·王逸传》:"子延寿,字文考,有俊才。少游鲁国,作《灵光殿赋》。后蔡邕亦造此赋,未成,及见延寿所为,甚奇之,遂辍翰而已。曾有异梦,意恶之,乃作《梦赋》以自厉。后溺水死,时年二十余。"后遂以"延寿"称美文才。芸香,陶宗仪《说郛》卷九七引沈括《忘怀录·香草》:"古人藏书,谓之'芸香'是也。采置书帙中,即去蠹。置席下,去蚤虱。栽园庭间,香闻数十步,极可爱。叶类豌豆,作小丛生,秋间叶上微白粉汗,南人谓之'七里香'。"

②"华轩"句:指廷对,即殿试。殿试第一名称为状元。

③"溟鱼"句:祝颂之辞。意谓徐铎将平步青云,鹏程万里。语出《庄子·逍遥游》:"北冥有鱼,其名为鲲。鲲之大,不知其几千里也;化而为鸟,其名为鹏。鹏之背,不知几千里也;怒而飞,其翼若垂天之云。是鸟也,海运则将徙于南冥。南冥者,天池也。"天津,银河。语出屈原《离骚》:"朝发轫于天津兮,夕余至乎西极。"王逸注:"天津,东极箕斗之间,汉津也。"

④袍如草：古人常以青草比青袍。语出古诗《穆穆清风至》："青袍似春草,长条随风舒。"

⑤"玉树"句：称赞徐铎风姿美好。典出刘义庆《世说新语·言语》："谢太傅问诸子侄：'子弟亦何预人事,而正欲使其佳?'诸人莫有言者。车骑答曰：'譬如芝兰玉树,欲使其生于庭阶耳。'"后以"玉树"称美佳子弟。杜甫《题柏大兄弟山居屋壁二首》之一："叔父朱门贵,郎君玉树高。"

⑥"同时"句：指徐铎兄弟同榜及第进士。棣萼,兄弟的代称。《晋书·孝友传序》："夫天伦之重,共气分形,心睽则叶悴荆枝,性合则华承棣萼。"杜甫《至后》诗："梅花一开不自觉,棣萼一别永相望。"仇兆鳌注："棣萼,以比兄弟也。"

⑦凤池：详见《沁园春》(心膂良臣)注⑩。

⑧蓬莱阁：东汉中央校书处东观,藏书很多,被称为道家蓬莱山。唐宋人多以蓬莱山、蓬莱阁喻指秘书省或秘书监。杜甫《秋日寄题郑监湖上亭》其三："暂阻蓬莱阁,终为江海人。"

⑨黄阁主：祝颂之辞,意谓徐铎将会受重用。卫宏《汉旧仪》卷上"(丞相)听事阁曰黄阁"。《宋书·礼志二》："三公黄阁,前史无其义。……三公之与天子,礼秩相亚,故黄其阁,以示谦不敢斥天子,盖是汉来制也。"后因以黄阁代指宰相官署。韩翃《奉送王相公赴幽州巡边》诗："黄阁开帷幄,丹墀侍冕旒。"

⑩迟：待。谈宾：相与谈论的宾客。刘禹锡《送卢处士归嵩山别业》诗："送君从此去,铃阁少谈宾。"此指为宰相延请入阁。

又

安车少师访阅道大资,同游湖山

廊庙当时共代工①。睢陵千里远,约过从②。欲知宾主与谁同。宗枝内③,黄阁旧④,有三公⑤。　广乐起云中⑥。湖山看画轴,两仙翁⑦。武林嘉语几时穷⑧。元丰际,德星聚⑨,照江东。

词云"元丰",为神宗年号。张先卒于元丰元年,此词当是此年作。题序中"安车少师"指赵概。《礼记·曲礼上》:"大夫七十而致事,若不得谢,则必赐之几杖,行役以妇人,适四方乘安车。"赵概时已以太子少师致仕,故云。"阅道大资"指赵抃。叶梦得《避暑录话》卷上:"本朝观文、资政殿皆有大学士,观文称大观文,而资政称大资。"赵抃以资政殿大学士知杭,故云。赵概自睢陵来访赵抃,张先与之共游湖山,作此词。《词律》卷九以为此调当作《小重山》,《彊村丛书》本、《湖州词征》本皆从之。

【注释】

①廊庙:犹言庙堂,指朝廷。代工:详见《沁园春》(心膂良臣)注⑫。神宗熙宁元年,赵概与赵抃同为参知政事,备位政府,故云。

②"睢陵"二句:赵概致仕后,退居睢阳十五年(见《东都事略》卷七一)。此次从睢阳千里来会。"远约过从",《花草粹编》卷六、《十名家词》本、《词律》卷九、《历代诗余》卷三七、《安陆集》作"约远过从"。过从,相访,往来。

③宗枝:同"宗支",宗族的支派,此指赵氏同族关系。杜甫《奉赠李八丈判官(曛)》诗:"我丈特英特,宗枝神尧后。"

④黄阁:详见《感皇恩》(延寿芸香七世孙)注⑨。

⑤三公:太尉、司徒、司空或太师、太傅、太保之总称。此指赵概。概以太子少师致仕,故云。赵抃《次韵前人怀西湖之游》诗:"昔时唐殿预英雄,今犹湖山幸会逢。谪宦青钱曾万选(自注:谓林希),承恩白首是三公(自注:谓赵概)。"

⑥广乐:《钧天广乐》的简称。神话中的天上仙乐。《穆天子传》卷一:"天子乃奏广乐。"《史记·赵世家》:"赵简子疾,五日不知人……居二日半,简子寤,语大夫曰:'我之帝所甚乐,与百神游于钧天,广乐九奏万舞,不类三代之乐,其声动人心。'"

⑦两仙翁:指赵概与赵抃。语本"画麒麟",称有功于国而得到殊荣的人。甘露三年,汉宣帝因匈奴归降,回忆往昔辅佐有功之臣,乃令人画十一名功臣图像于麒麟阁以示纪念和表扬,后世往往将他们和云台二十八将、凌烟阁二十四功臣并提,有"功成画麟阁"、"谁家麟阁上"、"画图麒麟阁"等

诗句流传,以为人臣荣耀之最。"画麒麟"又谓"登仙阁","两仙翁"语则由此化出。

⑧武林:杭州之旧称。详见《熙州慢》(武林乡)注①。嘉语:《全宋词》作"佳话"。

⑨德星聚:古以景星、岁星等为德星,认为国有道有福或有贤人出现,则德星现。《史记·天官书》:"天精而见景星。景星者,德星也。其状无常,常出于有道之国。"刘敬叔《异苑》卷四:"陈仲弓从诸子侄造荀季和父子,于时德星聚。太史奏:五百里内有贤人聚。"后用来喻指贤士会聚。杜甫《行次盐亭县聊题四韵奉简严遂州》:"全蜀多名士,严家聚德星。"

未编年词

醉垂鞭

　　双蝶绣罗裙①,东池宴,初相见。朱粉不深匀②,闲花淡淡春③。　　细看诸处好,人人道④,柳腰身⑤。昨日乱山昏,来时衣上云⑥。

【题解】
知不足斋本调下题为"东池"。

【注释】
①"双蝶"句:裙上绣有双蝶。魏承班《生查子》词:"蝶舞双双影,羞看绣罗衣。"

②朱粉:妇女用的胭脂与铅粉。白居易《题令狐家木兰花》诗:"腻如玉指涂朱粉,光似金刀剪紫霞。"

③"闲花"句:意谓淡妆闲雅,风韵天然。

④人人道:周济《宋四家词选》作"人道是"。

⑤柳腰身:指女子姿态美好,婀娜娉婷。温庭筠《南歌子》词:"转盼如波眼,娉婷似柳腰。"

⑥"昨日"二句:暗用李白《清平调》:"云想衣裳花想容。"此处以乱山之云衬托女子衣裙;又兼用宋玉《高唐赋》"巫山之阳,高丘之阻;旦为朝云,暮为行雨"之意,暗示女子身份。

【汇评】
清·周济:("昨日"二句)横绝。(《宋四家词选》)

清·陈廷焯:蓄势在一结,风流壮丽。(《别调集》卷一)

夏敬观:末二句体物微妙。(《映庵词评》)

又

赠琵琶娘,年十二

朱粉不须施。花枝小①。春偏好。娇妙近胜衣②。轻罗红雾垂。　　琵琶金画凤③。双绦重④。倦眉低。啄木细声迟⑤。黄蜂花上飞⑥。

【题解】

苏轼有《减字木兰花》赠小鬟琵琶,年亦十二,似与张先此词同赋。词云:"琵琶绝艺。年纪都来十一二。拨么弦。未解将心指下传。　　主人瞋小。欲向东风先醉倒。已属君家。且更从容等待他。"

【注释】

①花枝:《十名家词》作"琼枝"。

②近胜衣:意谓少女体态娇小。《荀子·非相》:"叶公子高微小短瘠,行若将不胜其衣。"

③金画凤:琵琶上装饰有金凤。本出乐史《杨太真外传》:"妃子琵琶逻沙檀,寺人白季贞使蜀还献。其木温润如玉,光耀可鉴。有金缕红文,蹙成双凤。"牛峤《西溪子》词:"捍拨双盘金凤,蝉鬓玉钗摇动。"

④绦:琵琶上装饰的丝编的带子或绳子。苏轼《宋叔达家听琵琶》诗:"梦回只记归舟字,赋罢双垂紫锦绦。"

⑤"啄木"句:比喻琵琶乐声。欧阳修《于刘功曹家见杨直讲褒女奴弹琵琶戏作呈圣俞》诗:"大弦声迟小弦促,十岁娇儿弹啄木。啄木不啄新生枝,唯啄槎牙枯树腹。花繁蔽日锁空园,树老参天杳深谷。不见啄木鸟,但闻啄木声。春风和暖百鸟语,山路硗确行人行。啄木飞从何处来,花间叶底时丁丁。林空山静啄愈响,行人举头飞鸟惊。"梅尧臣《依韵和永叔戏作》诗、刘敞《奉同永叔于刘功曹家听杨直讲女奴弹啄木见寄》诗也是以"啄木"

比喻琵琶乐声。

⑥"黄蜂"句：比喻琵琶乐声。韦庄《听赵秀才弹琴》诗："蜂簇野花吟细韵，蝉移高柳迸残声。"

菩萨蛮

忆郎还上层楼曲①。楼前芳草年年绿②。绿似去时袍。回头风袖飘③。　　郎袍应已旧。颜色非长久。惜恐镜中春④。不如花草新。

【题解】

知不足斋本调下有词题为"怨别"。

【注释】

①"忆郎"句：化用《西洲曲》，其云："忆郎郎不至，仰首望飞鸿。鸿飞满西洲，望郎上青楼。楼高望不见，尽日栏杆头。"

②"楼前"句：化用淮南小山《招隐士》赋"王孙游兮不归，春草生兮萋萋"，及王维《山中送别》诗"春草明年绿，王孙归不归"。

③"绿似"二句：化用古诗《穆穆清风至》："穆穆清风至，吹我罗衣裾。青袍似春草，长条随风舒。"

④镜中春：指镜中女子的容颜如春光般姣好。

又

闻人语著仙卿字①。瞋情恨意还须喜②。何况草长时③。酒前频共伊④。　　娇香堆宝帐。月到梨花上。心事两人知。掩灯罗幕垂⑤。

【题解】

知不足斋本调下有词题为"频见"。

【注释】

①语:《花草粹编》卷三作"话"。仙卿:同仙郎。借称俊美的青年男子,多用于爱情关系。和凝《柳枝》:"醉来咬损新花子,拽住仙郎尽放娇。"

②还须:《花草粹编》卷三、《百家词》本、《十名家词》本作"相须"。

③草长时:丘迟《与陈伯之书》:"暮春三月,江南草长,杂花生树,群莺乱飞。"

④共:《花草粹编》卷三、《百家词》本、《十名家词》本作"见"。

⑤幕:《花草粹编》卷三、《百家词》本、《十名家词》本作"幔"。

又

夜深不至春蟾见①。令人更更情飞乱②。翠幕动风亭③。时疑响屧声④。 花香闻水榭⑤。几误飘衣麝⑥。不忍下朱扉⑦。绕廊重待伊。

【题解】

知不足斋本调下有词题为"不至"。

【注释】

①"夜深"句:《花草粹编》卷三、《十名家词》本作"香耕不至春蟾午"。春蟾,春月。蟾即蟾蜍,月的代称。《太平御览》卷九四九引张衡《灵宪》:"羿请不死之药于西王母,姮娥窃之以奔月。遂托身于月,是为蟾蜍。"杜甫《八月十五夜月》诗:"刁斗皆催晓,蟾蜍且自倾。"

②更更情飞乱:《花草粹编》卷三、《十名家词》本作"转更猜飞语"。更更,一更又一更,指春夜。

③风亭:亭子。《宋书·徐湛之传》:"广陵城旧有高楼……湛之更起风

亭、月观、吹台、琴室，果竹繁盛，花药成行，招集文士，尽游玩之适，一时之盛也。"此指宴游之处。朱庆馀《秋宵宴别卢侍御》诗："风亭弦管绝，玉漏一声新。"

④响屟(xiè)声：春秋时吴王馆娃宫有响屟廊。范成大《吴郡志·古迹》："响屟廊在灵岩山寺。相传吴王令西施辈步屟，廊虚而响，故名。今寺中以圆照塔前小斜廊为之，白乐天亦名'鸣屟廊'。"朱长文《吴郡图经续记》："（砚石山）又有响屟廊，或曰鸣屟廊，以梗梓藉其地，西子行则有声，故以名云。"俞锷《无题》诗："望夫梦化点头石，倩女魂飞响屟廊。"

⑤榭：建在高土台上的敞屋。土高曰台，有木曰榭。

⑥衣麝：指香风飘逸人美好，就像穿了熏有麝香的衣服一样。骆宾王《棹歌行》："镜花摇芰日，衣麝入荷风。"

⑦下朱扉：指关门入睡，不再等待。朱扉，红漆门，旧时指豪富人家。古诗词中往往指女子居所的门。柳永《凤栖梧》词："玉砌雕阑新月上，朱扉半掩人相望。"

又

簟纹衫色娇黄浅①。钗头秋叶玲珑剪。轻怯瘦腰身。纱窗病起人。　　相思魂欲绝。莫话新秋别。何处断离肠。西风昨夜凉。

【注释】

①簟纹：亦作"簟文"，席纹。章碣《夏日湖上即事寄晋陵萧明府》诗："行来宾客奇茶味，睡起儿童带簟纹。"

71

踏莎行

衾凤犹温①，笼鹦尚睡。宿妆稀淡眉成字②。映花避月上行廊③，珠裙褶褶轻垂地。　　翠幕成波，新荷贴水。纷纷烟柳低还起。重墙绕院更重门，春风无路通深意。

【题解】

《历代诗余》卷三六调下注为："又名《柳长春》。"

【注释】

①衾凤犹温：指刚睡起不久。

②宿妆：旧妆，残妆，其粉黛稀淡。岑参《醉戏窦子美人》诗："朱唇一点桃花殷，宿妆娇羞偏髻鬟。"眉成字：指女子眉式的八字眉，又名鸳鸯眉。高承《事物纪原》载，汉武帝曾令宫人画八字眉，后历代相沿习，尤盛行于中、晚唐时期，其双眉形似"八"字而得名。眉尖上翘，眉梢下撇，眉尖细而浓，眉梢广而淡。韦应物《送宫人入道》诗："金丹拟驻千年貌，宝镜休匀八字眉。"

③行：《百家词》本、《词综》卷五、《历代诗余》卷三六、《十名家词》本、《安陆集》作"回"。

【汇评】

清·许昂霄："映花避月上回廊"二句，是一幅美人晓起图。（《词综偶评》）

又

波湛横眸①，霞分腻脸②。盈盈笑动笼香黡。有情未结凤楼欢③,无憀爱把歌眉敛。　　密意欲传,娇羞未敢④。斜偎象板还偷瞩⑤。轻轻试问借人么⑥,佯佯不觑云鬟点⑦。

【注释】

①波湛横眸:意谓双眸流动,犹如横波。卢思道《日出东南隅行》诗:"深情出艳语,密意满横眸。"

②霞分腻脸:意谓脸上胭脂如霞,红分两颊。晏殊《渔家傲》词:"楚国细腰元自瘦,文君腻脸谁描就。"

③凤楼:又称凤台、凤凰楼。传为萧史与弄玉所居之处。刘向《列仙传·萧史》卷上:"萧史者,秦穆公时人也,善吹箫,能致孔雀白鹤于庭。穆公有女字弄玉,好之。公遂以女妻焉。日教弄玉作凤鸣,居数年,吹似凤声,凤凰来止其屋。夫妇止其上,不下数年,一旦皆偕凤凰飞去。"后用以指女子的居处。江淹《征怨》诗:"荡子从征久,凤楼箫管闲。"

④"密意"二句:化用徐陵《洛阳道》诗意,其云:"相看不得语,密意眼中来。"

⑤"斜偎"句:化用刘禹锡《观柘枝舞》诗意,其云:"曲尽回身去,层波犹注人。"象板,亦称牙板,象牙制成的拍板。歌时击之以调节乐曲板眼。偷瞩(jiǎn),偷看。

⑥借人:未详。疑当作"者人",意即试问欲传密意还偷看者是这个人么。

⑦佯佯:假装。柳永《木兰花令》:"有个人人真攀羡,问着洋洋回却面。"云鬟点:点头,首肯。

感皇恩

万乘靴袍御紫宸①。挥毫敷丽藻②,尽经纶③。第名天陛首平津④。东堂桂⑤,重占一枝春。　　殊观耸簪绅⑥。蓬山仙话重⑦，需恩新。暂时趋府冠谈宾。十年外，身是凤池人⑧。

【题解】

《彊村丛书》本、《湖州词征》本调作《小重山》。此词贺人登第，所贺何人不详。

【注释】

①"万乘"句：此句指殿试。紫宸，宋朝皇宫的正殿为大庆殿，其北即紫宸殿，是"视朝之前殿也"。《宋史·礼志》："常朝之仪。唐以宣政为前殿，谓之正衙，即古之内朝也。以紫宸为便殿，谓之入阁，即古之燕朝也。……宋因其制。"

②丽藻：华丽的辞藻或华丽的诗文。陆机《文赋》："游文章之林府，嘉丽藻之彬彬。"王勃《为人与蜀城父老书》："丽藻华文，代有云泉之气。"

③经纶：《易·屯》："云雷屯，君子以经纶。"孔颖达疏："经谓经纬，纶谓纶纶，言君子法此屯象有为之时，以经纶天下，约束于物。"

④"第名"句：意谓获首选。第名，指唱第。殿试后由皇帝主持，宣唱及第进士名次，并按等第释褐授官。天陛，指殿前。平津，详见《定风波令》（西阁名臣奉诏行）注④。

⑤东堂桂：东堂折桂。《晋书·郤诜传》："武帝于东堂会送，问诜曰：'卿自以为何如？'诜对曰：'臣举贤良对策，为天下第一，犹桂林之一枝，昆山之片玉。'"后遂以"东堂桂"、"折桂"比喻科举及第。此词所贺似于进士及第后又中制科，所以后句说"重占一枝春"。

⑥簪绅：即簪带，冠簪和绅带，古代官吏的服饰。范仲淹《祭韩少傅文》："子孙诜诜，礼乐簪绅。"此指朝中百官。

⑦蓬山：蓬莱仙山，相传为仙人所居。《列子·汤问》："渤海之东，不知几亿万里。有大壑焉，实惟无底之谷……其中有五山焉：一曰岱舆，二曰员峤，三曰方壶，四曰瀛州，五曰蓬莱。"后以此暗喻科举中第、功成名就。白居易《酬赵秀才赠新登科诸先辈》诗："莫羡蓬莱鸾鹤侣，道成羽翼自生身。"戈牢《和主司王起》诗："蓬山皆美成荣贵，金榜谁知忝后先。"

⑧"十年"二句：意谓十年后当官至朝廷枢要。凤池，详见《沁园春》（心

脊良臣)注⑩。

西江月

　　体态看来隐约,梳妆好是家常①。檀槽初抱更安详②。立向尊前一行。　　小打登钩怕重③,尽缠绣带由长。娇春莺舌巧如簧④。飞在四条弦上⑤。

【注释】

　　①"体态"二句:意谓家中日常装束,反而见出风姿绰约。好是,岂是。张祜《题程氏书斋》诗:"缘君寻小阮,好是更题诗。"元结《欸乃曲》:"停桡静听曲中意,好是云山韶濩曲。"

　　②檀槽:此指琵琶。详见《木兰花》(檀槽碎响金丝拨)注①。

　　③小打:轻拍。登钩:琵琶演奏术语,具体不详。

　　④"娇春"句:比喻琵琶的乐声。白居易《琵琶行》诗:"间关莺语花底滑,幽咽泉流冰下难。"

　　⑤四条弦:琵琶有四弦的、五弦的,此为四弦琵琶。梁简文帝《生别离》诗:"别离四弦声,相思双笛引。"

庆金枝

　　青螺添远山①。两娇靥、笑时圆。抱云勾雪近灯看②。妍处不堪怜③。　　今生但愿无离别,花月下、绣屏前。双蚕成茧共缠绵。更结后生缘④。

【题解】

　　知不足斋本、《湖州词征》本调下有题为"《合欢曲》"。

75

①青螺：亦称螺子黛。《隋遗录》："殿脚女人争效为长蛾眉，司宫吏日给螺子黛五斛，号为蛾绿。螺子黛出波斯国，每颗值十金。"高启《十宫词·隋宫》诗："五斛青螺一日销，迷楼深贮万妖娆。"远山：眉妆，细长而舒扬，颜色略淡，清秀开朗。最早见于葛洪《西京杂记》卷二记载："文君姣好，眉色如望远山。脸际常若芙蓉，肌肤柔滑如脂。"杨慎《丹铅录·十眉图》："唐明皇令画工画十眉图。一曰鸳鸯眉，又名八字眉；二曰小山眉，又名远山眉。"韦庄《荷叶杯》词："绝代佳人难得，倾国。花下见无期，一双愁黛远山眉。"

②云、雪：比喻词中女子。

③"妍处"句：《百家词》本、《十名家词》本、《历代诗余》卷二二、《词谱》卷七作"算何处不堪怜"。

④更结：《百家词》本、《十名家词》本、《历代诗余》卷二二、《词谱》卷七作"更重结"。

浣溪沙

　　轻屦来时不破尘①。石榴花映石榴裙②。有情应得撞腮春③。　　夜短更难留远梦，日高何计学行云④。树深莺过静无人。

【注释】

①屦：古代鞋的木底，此指步履。不破尘：步履轻盈。

②石榴裙：古代年轻女子极为青睐的一种服饰款式，裙色如石榴之红，女子穿之尤为俏丽动人。万楚《五日观妓》："眉黛夺将萱草色，红裙妒杀石榴花。"

③应得撞腮春：《乐府雅词》卷上、《花草粹编》卷二作"应解忆青春"，《百家词》本、《十名家词》本作"应解惜青春"。

④"日高"句：用巫山神女之典。宋玉《高唐赋》："妾在巫山之阳，高丘

之阻,且为朝云,暮为行雨。"意谓无法进入此种梦境。讦,《花草粹编》卷二作"许"。

相思儿令

春去几时还。问桃李无言①。燕子归栖风紧,梨雪乱西园②。　　犹有月婵娟。似人人、难近如天③。愿教清影长相见,更乞取长圆。

【题解】
知不足斋本调下有题为"惜月"。

【注释】
①桃李无言:比喻实至名归。语出《史记·李将军传赞》引谚语:"桃李不言,下自成蹊。"
②梨雪:梨花。梨花色白、片小,犹如雪花,故称。韦庄《浣溪沙》词:"此夜有情谁不极,隔墙梨雪又玲珑。玉容憔悴惹微红。"西园:指游宴之处。详见《天仙子》(醉笑相逢能几度)注④。
③人人:昵称,那人。常指所爱者。柳永《浪淘沙令》词:"有个人人,飞燕精神。"此指歌女。

师师令

香钿宝珥①。拂菱花如水②。学妆皆道称时宜,粉色有、天然春意。蜀彩衣长胜未起③。纵乱云垂地④。　　都城池苑夸桃李⑤。问东风何似。不须回扇障清歌,唇一点、小于珠子⑥。正是残英和月坠⑦。寄此情千里。

《词综》卷五、《安陆集》题作"赠美人",知不足斋本题作"春兴"。杨慎《词品拾遗》:"李师师,汴京名妓。张子野为制新词,名《师师令》。略云:'蜀彩衣长胜未起。纵乱云垂地。正值残英和月坠。寄此情千里。'秦少游亦赠之词云:'看遍颍川花,不似师师好。'后徽宗微行幸之,见《宣和遗事》。"夏承焘先生《张子野年谱》:"唐人孙棨为《北里志》,记平康妓亦有李师师。师师盖不仅一人也。友人任铭善云:'汴俗,凡生男女,父母爱之,必舍身佛寺,节为佛弟子者,俗呼为师,故名之曰师师。'"词调中之《师师令》,或并不为某一女子而作,而是与《女冠子》类似。

【注释】

①钿:用金翠珠宝等制成的花朵形首饰。宝珥:女子的珠玉耳饰。卢思道《棹歌行》:"落花流宝珥,微吹动香缨。"

②菱花:镜之代称。其因有二:一是古代以铜为镜,映日则发光影如菱花。陆佃《埤雅·释草》:"旧说,镜谓之菱华,以其面平,光影所成如此。"庾信《镜赋》:"照日则壁上菱生。"二是古代铜镜中的一种花式外形,或镜背刻有菱形花纹。骆宾王《王昭君》诗:"古镜菱花暗,愁眉柳叶颦。"

③蜀彩:蜀锦,又称蜀江锦,起源于战国时期四川成都所出产的锦类丝织品。《杜工部草堂诗笺·白丝行》:"越罗蜀锦金粟尺。"注云:"越罗蜀锦,天下奇锦。"《历代诗余》卷四七作"蜀锦"。长:《安陆集》注:"一作'裳'。"

④乱云:纷乱的云,描绘女子的衣裳。云,《词综》卷五、《历代诗余》卷四七、《十名家词》本、《词谱》卷一七、《安陆集》作"霞"。

⑤都城:指汴京。桃李:比喻女子貌美。《诗经·召南·何彼襛矣》:"何彼襛矣,华如桃李。"曹植《杂诗》:"南国有佳人,容华若桃李。"

⑥唇一点:意谓朱唇小口。岑参《醉戏窦子美人》诗:"朱唇一点桃花殷。"子:《花草粹编》卷七、《百家词》本、《词综》卷五、《历代诗余》卷四七、《十名家词》本、《词谱》卷一七作"蕊"。

⑦是:《花草粹编》卷七、《百家词》本、《词综》卷五、《历代诗余》卷四七、《十名家词》本、《词谱》卷一七、《安陆集》作"值"。

明·沈际飞:"学妆皆道称时宜"四句,能换字句,协节。"不须回扇障清歌"四句,辛妍。(《草堂诗余》后集卷三)

清·先著、程洪:白描高手,为姜白石之前驱。(《词洁辑评》卷三)

谢池春慢

玉仙观道中逢谢媚卿

缭墙重院①,时闻有、啼莺到②。绣被掩余寒③,画幕明新晓④。朱槛连空阔⑤,飞絮无多少⑥。径莎平⑦,池水渺。日长风静,花影闲相照。　　尘香拂马,逢谢女、城南道⑧。秀艳过施粉⑨,多媚生轻笑。斗色鲜衣薄⑩,碾玉双蝉小⑪。欢难偶⑫,春过了。琵琶流怨,都入相思调⑬。

【题解】

《草堂诗余》别集卷三题作"春兴"。此词的本事,皇都风月主人《绿窗新话》卷上引《古今词话》一段话,与此词词意大致相符:"张子野往玉仙观,中途逢谢媚卿,初未相识,但两相闻名。子野才韵既高,谢亦秀色出世,一见慕悦,目色相授。张领其意,缓辔久之而去,因作《谢池春慢》以叙一时之遇。"玉仙观,在汴京城南,与玉津园、奉圣寺等相邻,为游人探春的名胜之所。

【注释】

①墙:《古今词话》作"绕"。

②闻:《历代诗余》卷五、《安陆集》、汪潮生本作"间"。

③掩:《古今词话》、《花草粹编》卷八作"堆"。

④幕:《花草粹编》卷八、《词综》卷五、《安陆集》、《词谱》卷二二、汪潮生本作"阁"。

⑤"朱槛"句:语出白居易《百花亭》:"朱槛在空虚,凉风八月初。"

⑥无:《古今词话》、《花草粹编》卷八作"知"。

⑦莎:《十名家词》本作"沙"。

⑧谢女:《晋书·列女传·王凝之妻谢氏传》载:谢安侄女谢道韫,才思敏捷,尝居家遇雪,安曰:"何所似也?"安兄子朗曰:"散盐空中差可拟。"道韫曰:"未若柳絮因风起。"谢安十分赞赏。后因以"谢女"指晋代女诗人谢道韫,亦泛指女郎或才女。此处双关,既以姓氏称谢媚卿,亦意指媚卿为才女。城南道:玉仙观在汴京城南。

⑨艳:《花草粹编》卷八作"秀"。

⑩斗色鲜衣:意谓多色相间的明丽之衣。鲜衣,明丽之衣。萧统《七契》:"光形饰体,莫过鲜衣。"

⑪碾玉:碾玉妆,色调以青、绿为主,多层叠晕,外留白晕,宛如磨光的碧玉,故名。双蝉:蝉鬓。古代妇女的发饰之一,其鬓发薄如蝉翼,黑如蝉身,故称。

⑫偶:《花草粹编》卷八作"遇"。

⑬"琵琶"二句:语出陶毂《风光好》:"琵琶拨尽相思调。"怨,《花草粹编》卷八、《词谱》卷二二作"韵"。

【汇评】

明·卓人月:望若图绣,丹青绮分。似古歌。(《古今词统》卷一一)

明·潘游龙:后叠秀艳,下直入古歌。(《精选古今诗余醉》卷四)

惜双双

溪桥寄意

城上层楼天边路。残照里,平芜绿树。伤远更惜春暮。有人还在高高处。　　断梦归云经日去①。无计使、哀弦寄语。相望恨不相遇。倚桥临水谁家住。

①断梦归云:用宋玉《高唐赋》意。赋曰:"昔者先王尝游高唐,怠而昼寝,梦见一妇人曰:'妾,巫山之女也。为高唐之客。闻君游高唐,愿荐枕席。'王因幸之。去而辞曰:'妾在巫山之阳,高丘之阻,旦为朝云,暮为行雨。朝朝暮暮,阳台之下。'"

江南柳

隋堤远①,波急路尘轻。今古柳桥多送别②,见人分袂亦愁生③。何况自关情。　　斜照后,新月上西城④。城上楼高重倚望,愿身能似月亭亭⑤。千里伴君行⑥。

【题解】

《十名家词》本调作《望江南》。知不足斋本调下有题为"隋堤"。

【注释】

①隋堤:《扬州府志·古迹》:"隋开邗沟入江,傍筑御河,树以杨柳,今谓之隋堤。在今江苏北运道上。宋张纶因其旧而筑,南起江都,北连宝应,为十闸以泄横流,即今运河堤也。盖自开封迄江都,沿汴、淮运河,皆隋堤所经也。"罗隐《隋堤柳》诗:"夹路依依千里遥,路人回首认隋朝。春风未借宜华意,犹费工夫长绿条。"

②柳桥:柳荫下的桥,此指灞桥。春秋时期,秦穆公称霸西戎,将滋水改为灞水并修桥,故称灞桥。汉唐时送客多到此桥作别。《三辅黄图》卷六:"霸桥在长安东,跨水作桥,汉人送客至此桥,折柳赠别。"唐时又有称情尽桥或折柳桥。计有功《唐诗纪事》卷五六:"陶与阳安,送客至尽情桥,问其故,左右曰:'送迎之地止此,故桥名尽情。'陶命笔题其柱曰:'折柳桥。'自后送别,必吟其诗曰:'从来只有情难尽,何事名为情尽桥?自此改名为折柳,任他离恨一条条。'"

③分袂:分手,离别。何逊《赠从兄与宁真南》诗:"当怜此分袂,脉脉泪沾衣。"

④月:《十名家词》作"圭"。

⑤似月亭亭:语出沈约《丽人赋》:"亭亭如月。"亭亭,《十名家词》本作"华明"。

⑥"千里"句:张若虚《春江花月夜》:"此时相望不相闻,愿逐月华流照君。"

八宝装

锦屏罗幌初睡起。花阴转、重门闭。正不寒不暖,和风细雨,困人天气①。　　此时无限伤春意。凭谁诉、厌厌地②。这浅情薄幸③,千山万水,也须来里④。

【注释】

①困人天气:使人困倦的天气。苏轼《浣溪沙》词:"困人天气近清明。"

②厌厌:精神不振,懒倦无聊。陶渊明《和郭主簿》其二:"检素不获展,厌厌竟良月。"

③薄幸:薄情,负心。杜牧《遣怀》诗:"十年一觉扬州梦,赢得青楼薄幸名。"

④里:语助词,同"哩"。

一丛花令

伤高怀远几时穷①?无物似情浓。离愁正引千丝乱②,更东陌③,飞絮濛濛④。嘶骑渐远,征尘不断,何处认郎踪?

双鸳池沼水溶溶⑤,南北小桡通⑥。梯横画阁黄昏后⑦,又还是、斜月帘栊⑧。沉思细恨⑨,不如桃杏⑩,犹解嫁东风⑪。

【题解】

关于此词本事,皇都风月主人《绿窗新话》卷上引《古今词话》云:"张先,字子野,尝与一尼私约,其老尼性严,每卧于池岛中一小阁上。俟夜深人静,其尼潜下梯,俾子野登阁相遇。临别,子野不胜惓惓,作《一丛花》词以道其怀。"此首又载欧阳修《近体乐府》卷三,罗泌校曰:"此篇世传张先子野词。"《十名家词》本、《安陆集》调无"令"字。

【注释】

①伤高:登高的感慨。高,《花草粹编》卷八作"春"。怀远:对远方征人的思念。

②愁:《十名家词》本作"心"。引千:《花草粹编》卷八、《安陆集》作"恁牵"。

③东陌:意谓东边的道路。此指分别处。《绿窗新话》卷上作"南北",《花草粹编》卷八、《百家词》本、《十名家词》本、《安陆集》作"南陌"。

④濛濛:《绿窗新话》卷上作"蒙茸"。

⑤双鸳池沼:《嘉泰吴兴志·邮驿·武康县》:"余英馆在县西南余英溪上,即沈约宗族所居之地,馆南有双鸳沼。"

⑥桡:《绿窗新话》卷上、《花草粹编》卷八作"桥"。

⑦梯横:《绿窗新话》卷上作"横看"。

⑧斜:《绿窗新话》卷上、《花草粹编》卷八作"新"。帘栊:《绿窗新话》卷上作"朦胧";《安陆集》注:"一作'濛濛'。"

⑨沉思细恨:《绿窗新话》卷上、《花草粹编》卷八、《百家词》本、《十名家词》本作"沉恨细思";《彊村丛书》本校记云:"原本作'沉思细恨',黄校依注改"。《安陆集》作"况恨细思",并注:"一作'况思思量'。"

⑩杏:《绿窗新话》卷上作"李"。

⑪犹解:张相《诗词曲语辞汇释》卷一:"犹解,犹得也。"犹,《花草粹编》卷八、《安陆集》作"还"。嫁东风:原意是随东风飘去,这里用其比喻义

"嫁"。李贺《南园十三首》诗之一："可怜日暮嫣香落，嫁与东风不用媒。"东，《花草粹编》卷八、《十名家词本》、《安陆集》作"春"。

【汇评】

宋·范公偁：子野郎中《一丛花》词云："沉恨细思，不如桃杏，犹解嫁东风。"一时盛传。永叔尤爱之，恨未识其人，子野家南地，以故至都，谒永叔，阍者以通，永叔倒屣迎之，曰："此乃桃杏嫁东风郎中！"(《过庭录》)

明·潘游龙："不如桃杏"，恁地情荡。(《精选古今诗余醉》卷八)

明·卓人月：《还魂记》妙语皆出子野。(《古今词统》卷一一)

明·沈际飞："不如桃杏"，则不如者多矣，有伤深情。(《草堂诗余》别集卷三)

清·贺裳：唐李益词曰："嫁得瞿塘贾，朝朝误妾期。早知潮有信，嫁与弄潮儿。"子野《一丛花》末句云："沉恨细思，不如桃杏，犹解嫁春风。"此皆无理而妙，吾亦不敢定为所见略同，然较之"寒鸦数点"，则略无痕迹矣。(《皱水轩词筌》)

清·沈雄：王阮亭曰：彭羡门善于言情，春暮之什，亦自矜胜。词云："莺掷金梭，柳抛翠缕。盈盈娇眼慵难举。落花一夜嫁东风，无情蜂蝶轻相许。尺五楼台，秋千笑语。青鞋湿透胭脂雨。流波千里送春归，棠梨开尽愁无主。"此即张子野"不如桃杏犹解嫁春风"也。贺黄公谓其无理而入妙，羡门"落花一夜嫁东风，无情蜂蝶轻相许"句，愈无理则愈入妙，便与解人参之，亦不易易。(《古今词话》)

清·陈锡路：欲见"云破月来花弄影"郎中，此宋子京语也。范公偁《过庭录》记张子野《一丛花》词云："不如桃杏，犹解嫁东风。"欧阳永叔爱之。子野谒永叔，永叔倒屣迎之，曰："此乃桃杏嫁东风郎中。"欧公标目，又与小宋不同。世但知子野以"三影"自夸，否则称为"张三中"而已。(《黄姤余话》)

西江月

泛泛春船载乐,溶溶湖水平桥。高鬟照影翠烟摇①。《白纻》一声云杪②。　　倦醉天然玉软③,弄妆人惜花娇④。风情遗恨几时消。不见卢郎年少⑤。

【注释】

①高鬟:高起的环形发髻。李商隐《燕台》诗:"暖霭辉迟桃树西,高鬟立共桃鬟齐。"

②白纻:曲名。详见《天仙子》(坐治吴州成乐土)注④。

③玉软:形容肤体洁白而柔软,此指人软。施肩吾《夜饮》诗:"被郎嗔罚琉璃盏,酒入四肢红玉软。"

④弄妆:《花草粹编》卷四、《安陆集》作"卸妆"。

⑤卢郎:《北史·卢元肇传》记载:元肇弟元明,"少时常从乡还洛,途遇相州刺史王熙。熙,博识之士,见而叹曰:'卢郎有如此风神,唯须诵《离骚》、饮美酒,自为佳器。'"后用以泛指少年才郎。

宴春台慢

东都春日李阁使席上

丽日千门①,紫烟双阙②,琼林又报春回③。殿阁风微④,当时去燕还来。五侯池馆频开⑤。探芳菲、走马天街⑥。重帘人语,辚辚绣轩⑦,远近轻雷。　　雕舫霞瀲,翠幕云飞,楚腰舞柳,宫面妆梅⑧。金猊夜暖、罗衣暗裛香煤⑨。洞府人归⑩,放笙歌、灯火下楼台⑪。蓬莱。犹有花上月,清影徘徊。

【题解】

《词谱》卷二六注："此调始自张先，盖春宴词也。"《乐府雅词》卷上、《草堂诗余》前集卷上、《花草粹编》卷一〇、《百家词》本、《十名家词》本、《词律》卷一五、《历代诗余》卷六四、《安陆集》、汪潮生本调无"慢"字。东都，即汴京。宋人称汴京为东京，洛阳为西京。阁使即阁门使。唐末、五代有阁门使，掌供奉乘舆，朝会游幸，大宴引赞，引接亲王宰相百僚藩国朝见，纠弹失仪。五代以来，多以处武臣。宋置东、西上阁门使各三人，副使各二人，多以处外戚勋贵。绍兴五年（1135），诏右武大夫以上并称知阁门事，官未至者称同知阁门事，在知阁门之下。李阁使，疑为李珣，《宋史》卷四六四有传。李珣字公粹，以荫阁门使祗候，迁阁门副使，累迁均州防御使知相州，赐御制诗飞白字宠其行。胡宿有《李珣可东上阁门使加上骑都尉制》，王珪有《东上阁门使李珣可德州刺史制》。

【注释】

①千门：借指汴京皇宫。《三辅黄图·汉宫》："武帝太初元年，柏梁殿灾。粤巫勇之曰：'粤俗有火灾，即复起大屋以厌胜之。'帝于是作建章宫，度为千门万户。宫在未央宫西，长安城外。"杜甫《哀江头》诗："江头宫殿锁千门，细柳新蒲为谁绿？"

②紫烟：紫色瑞云。郭璞《游仙诗》："赤松临上游，驾鸿乘紫烟。"双阙：古代宫殿、祠庙、陵墓前两边高台上的楼观。张正见《御幸乐游苑侍宴》诗："两宫明似璧，双阙带非烟。"

③琼林：琼林苑，北宋东京城外西侧有两座御苑南北相对，北为金明池，南为琼林苑。宋太祖正式建立了殿试制度，即在吏部考试后，皇帝在殿廷之上主持最高一级的考试，决定录取的名单和名次；所有及第的人都是"天子门生"。殿试后，举行典礼，皇帝宣布登科进士名次并赐宴琼林苑。后常用"琼林苑"代指京都宴请新进士之所。叶梦得《石林燕语》卷一："琼林苑，乾德中置。太平兴国中，复凿金明池于苑上。……岁以二月开，命士庶纵观，谓之开池，至上巳，车驾临幸毕，即闭。岁赐二府从官燕及进士闻喜燕，皆在其间。"孟元老《东京梦华录》卷七："三月一日，州西顺天门外开金明池、琼林苑。……至四月八日闭池。"林，《百家词》本、《十名家词》本作

"楼"，非。

④阁：《词律》卷一五、《历代诗余》卷六四、《安陆集》、汪潮生本作"角"。

⑤五侯：泛指权贵豪门。韩翃《寒食》："日暮汉宫传蜡烛，轻烟散入五侯家。"频：《乐府雅词》卷上、《草堂诗余》前集卷上、《花草粹编》卷一〇、《十名家词》本、《词律》卷一五、《历代诗余》卷六四、《词谱》卷二六、《安陆集》、汪潮生本作"屏"。

⑥"探芳菲"句：指京城百官士庶春游宴乐景象。孟元老《东京梦华录》卷七云：自三月一日至四月八日，开金明池、琼林苑，"每日教习车驾上池仪范。虽禁从士庶许纵赏，御史台有榜不得弹劾。""驾先幸池之临水殿，锡燕群臣"。复驾幸琼林苑及宝津楼宴殿，"游人往往以竹竿挑挂终日关扑所得之物而归，仍有贵家士女，小轿插花，不垂帘幕。自三月一日至四月八日闭池，虽风雨亦有游人，略无虚日矣。是月季春，万花烂漫，牡丹、芍药、棣棠、木香种种上市，卖花者以马头竹篮铺排，歌叫之声，清奇可听"。蔡絛《铁围山丛谈》卷一："幸金明池、琼苑，从臣皆扈跸而随车驾，有小燕谓之对御。凡对御则用滴粉缕金花，极其珍藿也。又赐臣僚燕花，率从班品高下，莫不多寡有数。"王巩《闻见近录》："故事春季上池，赐生花，而自上至从臣，皆簪花而归。"天街，隋唐京师长安城朱雀大街的别称，也有人认为是承天门街的简称。承天门街因其直通皇帝居住和处理朝政的太极宫，所以称为天街，而朱雀门街也因是通向帝王皇宫门的大街，称为天门街。此处泛指京城中的街道。韩愈《早春呈水部张十八员外》诗："天街小雨润如酥，草色遥看近却无。"《草堂诗余》前集卷上、《安陆集》、汪潮生本"走马"下无"天街"二字。

⑦绣轩：《乐府雅词》卷上、《草堂诗余》前集卷上、《花草粹编》卷一〇、《十名家词》本、《词律》卷一五、《历代诗余》卷六四、《词谱》卷二六、《安陆集》作"车辖"，《词律拾遗》卷八注："叶本作'绣幰'。"

⑧宫面妆梅：梅花妆，又称落梅妆、寿阳妆。详见《雨中花令》（近鬓彩钿云雁细）注①。

⑨金猊：香炉的一种。详见《醉桃源》（双花连苁近香猊）注①。裛：香气侵染。香煤：焚香的烟气。

⑩洞府:神话中神仙居住的地方。沈约《善馆碑》:"或藏形洞府,或栖志灵岳。"隋炀帝《步虚词》:"洞府疑玄液,灵仙体自然。"孟元老《东京梦华录》卷七谓三月汴京城"彩棚夹路,绮罗珠翠,户户神仙,画阁红楼,家家洞府,游人士庶,车马万数"。

⑪"放笙歌"句:化用白居易《宴散》:"笙歌归院落,灯火下楼台。"《乐府雅词》卷上、《百家词》本、《十名家词》本、汪潮生本作"放笙歌灯火楼台下蓬莱",《词律》卷一五、《安陆集》作"笙歌院落灯火楼台下蓬莱",《草堂诗余》前集卷上、《花草粹编》卷一○作"笙歌灯火楼台下蓬莱",《词谱》卷二六作"拥笙歌灯火楼台下蓬莱"。

【汇评】

明·沈际飞:"雕觞"六句,工致。"犹有花上月"二句,清贵挽得住。(《草堂诗余》正集卷三)

明·李廷机:春景之繁华,人间之富丽,俱见此词。词令上品。(《新刻注释草堂诗余评林》卷一)

俞陛云:《古今词语》评汴河出土石刻之《鱼游春水》词云:"八十九字而风花莺燕动植之物曲尽,此唐人语也。"后之状物写情,无能及者。观子野此词,善状帝城春景之盛。天家之宫阙,五侯之池馆,士女之车马,以及飞觞舞袖,香兽罗衣,粲然咸备,较《鱼游春水》词尤为绚丽。结句至月上犹留连不去,极写其酣游也。(《唐五代两宋词选释》)

清平乐

屏山斜展①。帐卷红绡半。泥浅曲池飞海燕。风度杨花满院。　　云情雨意空深②。觉来一枕春阴。陇上梅花落尽,江南消息沉沉③。

【注释】

①屏山:陈设在室内的屏风。温庭筠《南歌子》词:"扑蕊添黄子,呵花

满翠鬟,鸳枕映屏山。"

②云情雨意:指男女欢会之情。典出宋玉《高唐赋》,详见《惜双双》(城上层楼天边路)注①。袁去华《浣溪沙》词:"一夕高唐梦里狂,云情雨意两茫茫。"《花草粹编》卷三、《十名家词》本、《安陆集》"情"作"愁","意"作"恨"。

③"陇上"二句:化用陆凯《赠范晔》诗:"折梅逢驿使,寄与陇头人。江南无所有,聊赠一枝春。"

又

李阁使席

清歌逐酒①。腻脸生红透②。樱小杏青寒食后。衣换缕金轻绣③。　　画堂新月朱扉④。严城夜鼓声迟⑤。细看玉人娇面,春光不在花枝⑥。

【题解】

此首《永乐大典》卷二〇三五三"席"字韵误作丘崈词。《安陆集》题作"美人"。李阁使,详见《宴春台慢·东都春日李阁使席上》词题解。

【注释】

①逐酒:《唐宋诸贤绝妙词选》卷五作"送酒"。

②"腻脸"句:《乐府雅词》卷上、《唐宋诸贤绝妙词选》卷五、《花草粹编》卷三、《百家词》本、《十名家词》本、《历代诗余》卷一三、《安陆集》作"醉脸鲜霞透"。

③缕金轻绣:指以金色丝线绣成之衣。

④画堂:汉代未央宫中的殿堂。因墙有画饰,故称。此指华丽的堂舍。

⑤声迟:《乐府雅词》卷上、《唐宋诸贤绝妙词选》卷五、《花草粹编》卷三、《十名家词》本、《历代诗余》卷一三、《安陆集》作"声归"。

⑥"细看"二句：晁端礼《木兰花》："娇痴。最尤殢处，被罗襟、印了宿妆眉。潇洒春工斗巧，算来不在花枝。"即本张先此词。娇，《乐府雅词》卷上、《唐宋诸贤绝妙词选》卷五、《花草粹编》卷三、《草堂诗余》别集卷一、《百家词》本、《十名家词》本、《历代诗余》卷一三、《安陆集》作"妆"。光，《乐府雅词》卷上、《唐宋诸贤绝妙词选》卷五、《花草粹编》卷三、《百家词》本、《十名家词》本、《历代诗余》卷一三、《安陆集》作"工"。

【汇评】

宋·黄昇：末二句最工。(《花庵词选》卷五)

醉桃源

落花浮水树临池。年前心眼期①。见来无事去还思。如今花又飞②。　　浅螺黛③，淡胭脂。开花取次宜④。隔帘灯影闭门时⑤。此情风月知⑥。

【题解】
此首又见欧阳修《近体乐府》卷一，调作《阮郎归》。

【注释】
①心眼期：心愿，心意。心眼，即心。
②如今：《花草粹编》卷四、《百家词》本、《十名家词》本作"而今"。
③浅螺黛：以螺子黛所画眉色。详见《庆金枝》(青螺添远山)注①。
④开花：《花草粹编》卷四作"闲妆"，《百家词》本、《十名家词》本作"开妆"。取次：任意，随便。杜甫《送元二适江左》诗："经过自爱惜，取次莫论兵。"
⑤灯影：《花草粹编》卷四作"风雨"。
⑥风：《花草粹编》卷四、《百家词》本、《十名家词》本作"江"。

【汇评】
明·沈际飞：波折宛转。(《草堂诗余》续集卷三)

又

歌停莺语舞停鸾①。高阳人更闲②。兽喷烟尽玉壶干③。
茶分小龙团④。　云浪浅，露珠丸⑤。娇声春笋寒⑥。绛纱
笼下据金鞍⑦。归时人未眠⑧。

【题解】

此首陈景沂《全芳备祖》后集卷二八《茶门》、《全宋词》作苏轼词；又见
黄庭坚《豫章黄先生词》，调作《阮郎归》。

【注释】

①莺语：《豫章黄先生词》作"檀板"。

②高阳人：高阳酒徒，谋士郦食其追随刘邦时对自己的称呼。《史记·
郦生陆贾列传》："郦生食其者，陈留高阳人也。好读书，家贫落魄，无以为
衣食业，为里监门吏，然县中贤豪不敢役，县中皆谓之狂生。……初，沛公
引兵过陈留，郦生踵军门上谒……使者出谢曰：'沛公敬谢先生，方以天下
为事，未暇见儒人也。'郦生瞋目按剑叱使者曰：'走！复入言沛公，吾高阳
酒徒也，非儒人也。'……沛公遽雪足杖矛曰：'延客入。'"后用以代指嗜酒
而放荡不羁的人。杜牧《张好好》："尔来未几岁，散尽高阳徒。"人更闲：《豫
章黄先生词》作"饮兴阑"。

③兽喷：用以温酒的器具。《晋书·羊琇传》："屑炭和作兽形，以温酒。
洛下豪贵，咸竞效之。"玉壶：玉制的壶。马戴《赠北客》诗："饮尽玉壶酒。"
兽喷烟尽：《豫章黄先生词》作"兽烟喷尽"。

④"茶分"句：《豫章黄先生词》作"香分小凤团"。小龙团，宋代的一种
小茶饼，专供宫廷饮用。茶饼上印有龙、凤花纹，印盘龙者称龙团，印凤者
称凤团。团茶须煎饮之。苏轼《荔支叹》诗"君不见，武夷溪边粟粒芽，前丁
后蔡相笼加"，自注云："大小龙茶始于丁晋公，而成于蔡君谟。欧阳永叔闻

君谟进小龙团,惊叹曰:'君谟士人也,何至作此事耶!'"

⑤"云浪"二句:煎茶的情景。陆羽《茶经》:"江水取去人远者,井水取汲多者。其沸如鱼目,微有声,为一沸;缘边如涌泉连珠,为二沸;腾波鼓浪,为三沸;已上,水老不可食也。"皮日休《煮茶》诗:"香泉一合乳,煎作连珠沸。"露珠丸,《豫章黄先生词》作"露花团"。

⑥娇声:《豫章黄先生词》作"捧瓯"。春笋:比喻女子纤嫩的手指。

⑦绛纱笼:绛色纱制成的灯笼。于邺《扬州梦记》:"每重城向夕,倡楼之上,常有绛纱灯万数。"据:《豫章黄先生词》作"跃"。

⑧未眠:《豫章黄先生词》作"倚栏"。

恨春迟

好梦才成又断①。日晚起、云鬓梳鬌②。秀脸拂新红③,酒入娇眉眼④,薄衣减春寒。　　红柱溪桥波平岸。画阁外、落日西山。不分闲花并蒂⑤,秋藕连根,何时重得双眠⑥。

【题解】
《词谱》卷一三:"此体祇此一词,无别首宋元词可校。"知不足斋本调下有题为"双莲"。

【注释】
①"成"下,《词谱》卷一三另有"成"字。

②日晚:《十名家词》本、《词谱》卷一三作"因晚";知不足斋本注:"一无'日'字,一作'日晓'。"云鬌(duǒ):头发垂下的样子。柳永《定风波》词:"暖酥消、腻云鬌。"鬌,《花草粹编》卷六、《十名家词》本、《词谱》卷一三作"朵"。

③新:《词谱》卷一三作"轻"。

④酒:《花草粹编》卷六、《词谱》卷一三作"滴"。

⑤不分:不甘心,不服气。分,《花草粹编》卷六、《词谱》卷一三作"忿"。

⑥眠:《百家词》本、《花草粹编》卷六、《十名家词》本、《词谱》卷一三作
"莲"。

又

欲借红梅荐饮。望陇驿、音信沉沉①。住在柳洲东岸,彼
此相思,梦去难寻②。　　乳燕来时花期寝③。淡月坠、将晓
还阴。争奈多情易感④,音信无凭,如何消遣得初心⑤。

【题解】
此首又见欧阳修《醉翁琴趣外篇》卷五。

【注释】
①"欲借"二句:用陆凯《赠范晔》诗意,其云:"折梅逢驿使,寄与陇头
人。江南无所有,聊赠一枝春。"意谓盼望能得到对方消息,但遥隔千里,寄
情难达,音信不通。故后面云:"彼此相思,梦去难寻。"红,《醉翁琴趣外篇》
作"江"。

②梦去难寻:《醉翁琴趣外篇》作"梦回云去难寻"。

③"乳燕"句:意谓花期已过,春事将尽。

④争奈:怎奈,无奈。顾况《从军行》之一:"风寒欲砭肌,争奈裘袄轻。"

⑤消遣:消解,排遣。王禹偁《黄州新建小竹楼记》:"焚香默坐,消遣世
虑。"《醉翁琴趣外篇》"消遣"下无"得"字。初心:指过去的恋情。

庆佳节

莫风流①。莫风流。风流后、有闲愁。花满南园月满
楼②。偏使我、忆欢游。　　我忆欢游无计奈,除却且醉金

瓯^③。醉了醒来春复秋。我心事、几时休。

又

芳菲节。芳菲节。天意应不虚设。对酒高歌玉壶阙^①。慎莫负、狂风月。　　人间万事何时歇。空赢得、鬓成雪。我有闲愁与君说。且莫用、轻离别。

采桑子

水云薄薄天同色,竟日清辉。风影轻飞。花发瑶林春未知^①。　　剡溪不辨沙头路^②,粉水平堤^③。姑射人归^④。记得歌声与舞时。

【注释】

①瑶林:传说昆仑山中有碧树瑶林,见《淮南子·墬形训》。此指披雪的林木。杨万里《雪晴》诗:"银色三千界,瑶林一万重。"

②剡(shàn)溪:水名,在今浙江嵊州曹娥江上游。《元丰九域志·两浙路·越州》:"州东南一百八十里,二十七乡,有天姥山、剡溪。"

③粉水:《花草粹编》卷二作"湖水"。

④姑射人:典出《庄子·逍遥游》:"藐姑射之山,有神人居焉。肌肤若冰雪,绰约若处子;不食五谷,吸风饮露;乘云气,御飞龙,而游四海之外。"

御街行

送蜀客

画船横倚烟溪半。春入吴山遍①。主人凭客且迟留②,程入花溪远远③。数声芦叶④,两行霓袖⑤,几处成离宴。 纷纷归骑亭皋晚⑥。风顺樯乌转⑦。古今为别最消魂⑧,因别有情须怨。更独自、尽上高台望,望尽飞云断⑨。

【注释】

①吴山:在浙江杭州西湖东南。春秋时为吴国南界,故名。山上有祠,祀伍子胥,故又名胥山。王昌龄《留别岑参兄弟》诗:"谁言青门悲,俯期吴山幽。"

②凭客:请客。张相《诗词曲语辞汇释》:"凭,犹杖也;犹烦也;犹请也。"

③远远:《花草粹编》卷八作"还远"。

④芦叶:即芦笳、芦管。古代的一种管乐器。以芦叶为管,管口有哨簧,管面有音孔,下端范铜为喇叭嘴状,吹时用指启闭音孔,以调音节。岑参《裴将军宅芦管歌》诗:"夜半高堂客未回,只将芦管送君杯。"

⑤霓袖：绣有云霓的衣袖，借指女子的艳丽舞袖。李商隐《李肱所遗画松诗书两纸得四十一韵》："浓蔼深霓袖，色映琅玕中。"

⑥亭皋：水边的平地。《史记·司马相如传》载《上林赋》云："亭皋千里，靡不被筑。"裴骃集解引郭璞注："为亭候于皋隰，皆筑地令平。"

⑦樯乌：即相风乌。详见《芳草渡》（双门晓锁响朱扉）注③。

⑧"古今"句：典出江淹《别赋》："黯然销魂者，唯别而已矣。"为，《历代诗余》卷四八作"惟"。

⑨"更独自"二句：《花草粹编》卷八、《百家词》本、《十名家词》本、《历代诗余》卷四八作"高台独上不堪凝望目与飞云断"。

武陵春

秋染青溪天外水①，风棹采莲还②。波上逢郎密意传。语近隔丛莲。　　相看忘却归来路③，遮日小荷圆④。菱蔓虽多不上船。心眼在郎边⑤。

【注释】

①青溪：浙江淳安有青溪，方腊起义于此。《唐书·地理志》谓睦州有青溪；江苏南京玄武湖南有青溪，即三国时吴在建业城东南所凿东渠。《水经注》记湖北远安亦有青溪。此处可能是泛指。天外水：《百家词》本作"在水口"，《十名家词》本作"在水"。

②莲：《全宋词》作"菱"。

③归来：《百家词》本、《十名家词》本作"来时"。

④"遮日"句：《百家词》本、《十名家词》本作"家在柳城前"。

⑤心眼：心意，心思。

定风波

素藕抽条未放莲。晚蚕将茧不成眠^①。若比相思如乱絮^②。何异。两心俱被暗丝牵^③。　　暂见欲归还是恨^④。莫问。有情谁信道无缘。有似中秋云外月^⑤。皎洁。不团圆待几时圆。

【题解】

《百家词》本、《十名家词》本调作《定风波令》。知不足斋本调下有题为"有情"。

【注释】

①晚蚕:夏蚕。茧:吐丝成茧。不成眠:指大眠已过。蚕蜕皮时,不食不动,其状如眠,谓之蚕眠。六七日眠一次,经四眠后蜕皮即上簇。秦观《蚕书·时食》:"(蚕生)九日,不食一日一夜,谓之初眠,又七日再眠如初……又七日三眠如再,又七日若五日,不食二日,谓之眠食。"

②絮:知不足斋本注:"一作'绪'。"

③暗丝:谐音双关,以藕丝、茧丝比喻情思。

④还:《百家词》本、《十名家词》本、《历代诗余》卷四一作"皆"。

⑤有:《百家词》本、《十名家词》本、《历代诗余》卷四一作"正"。

百媚娘

珠阙五云仙子^①。未省有谁能似^②。百媚算应天乞与^③,净饰艳妆俱美^④。若取次芳华皆可意^⑤。何处比桃李^⑥。
蜀被锦纹铺水^⑦。不放彩鸳双戏。乐事也知存后会,争奈眼

定风波

素藕抽条未放莲。晚蚕将茧不成眠[①]。若比相思如乱絮[②]。何异。两心俱被暗丝牵[③]。　　暂见欲归还是恨[④]。莫问。有情谁信道无缘。有似中秋云外月[⑤]。皎洁。不团圆待几时圆。

【题解】

《百家词》本、《十名家词》本调作《定风波令》。知不足斋本调下有题为"有情"。

【注释】

①晚蚕:夏蚕。茧:吐丝成茧。不成眠:指大眠已过。蚕蜕皮时,不食不动,其状如眠,谓之蚕眠。六七日眠一次,经四眠后蜕皮即上簇。秦观《蚕书·时食》:"(蚕生)九日,不食一日一夜,谓之初眠,又七日再眠如初……又七日三眠如再,又七日若五日,不食二日,谓之眠食。"

②絮:知不足斋本注:"一作'绪'。"

③暗丝:谐音双关,以藕丝、茧丝比喻情思。

④还:《百家词》本、《十名家词》本、《历代诗余》卷四一作"皆"。

⑤有:《百家词》本、《十名家词》本、《历代诗余》卷四一作"正"。

百媚娘

珠阙五云仙子[①]。未省有谁能似[②]。百媚算应天乞与[③],净饰艳妆俱美[④]。若取次芳华皆可意[⑤]。何处比桃李[⑥]。
蜀被锦纹铺水[⑦]。不放彩鸳双戏。乐事也知存后会,争奈眼

前心里⑧。绿皱小池红叠砌。花外东风起。

【题解】

知不足斋本调下有题为"眼前"。

【注释】

①珠阙:"珠宫贝阙"的简写,指用珍珠宝贝做的宫殿,形容房屋华丽。阙,《花草粹编》卷八、《十名家词》本、《词律》卷一一、《词谱》卷一七、《安陆集》作"阁"。五云:五色瑞云。多作为吉祥的征兆。《南齐书·乐志》:"圣祖降,五云集。"骆宾王《为齐州父老请陪封禅表》:"瑞开三眷,祥洽五云。"

②能似:《词律拾遗》卷八注:"叶本作'得似'。"

③百媚:形容极其妩媚。白居易《长恨歌》:"回眸一笑百媚生,六宫粉黛无颜色。"贺铸《点绛唇》词:"见面无多,坐来百媚生余态。"算应:《词律》卷一一、《词谱》卷一七作"等算"。乞与:意谓付与、给与。《词律拾遗》卷八注:"叶本作'付与'。"

④净饰艳妆:意谓淡妆浓抹。

⑤取次:详见《醉桃源》(落花浮水树临池)注④。《花草粹编》卷八、《百家词》本、《十名家词》本、《词律》卷一一、《词谱》卷一七、《安陆集》、《湖州词征》本"取次"前无"若"字。皆:《花草粹编》卷八、《十名家词》本作"俱"。可意:称心如意。

⑥比:《花草粹编》卷八、《百家词》本、《十名家词》本、《词律》卷一一、《词谱》卷一七、《安陆集》作"无"。

⑦"蜀被"句:意谓锦被名贵。吕大防《锦官楼记》:"蜀居中国之南……织文锦绣,穷工极巧。其写物也,如欲生;其渥朱也,若可掇。"

⑧争奈:详见《恨春迟》(欲借红梅荐饮)注④。

梦仙乡

江东苏小①。夭斜窈窕②。都不胜、彩鸾娇妙③。春艳上新妆。肌肉过人香④。　　　佳树阴阴池院。华灯绣幔。花月好、可能长见⑤。离聚此生缘。无计问天天⑥。

【题解】

《花草粹编》卷五、《百家词》本、《十名家词》本、《词谱》卷九、《历代诗余》卷二三调作《梦仙郎》。《花草粹编》卷五调下有题为"寄越",知不足斋本题作"寄远"。

【注释】

①苏小:即苏小小,南朝齐著名歌伎、钱塘第一名妓。自小能书善诗,文才横溢。常坐油壁车,遍游湖畔山间。历代文人多有咏写。

②夭斜:亦作"夭邪",袅娜多姿的样子。

③彩鸾:即鸾鸟。古代神话传说中的神鸟、瑞鸟,与凤凰相类。李商隐《寓怀》诗:"彩鸾餐颢气,威凤入卿云。"

④"肌肉"句:《历代诗余》卷二三作"风过著人香"。

⑤可能:岂能。陈师道《九日寄秦观》诗:"淮海少年天下士,可能无地落乌纱。"《花草粹编》卷五、《百家词》本、《十名家词》本、《历代诗余》卷二三、《词谱》卷九作"岂能"。

⑥无计问天天:《百家词》本、《十名家词》本、《词谱》卷九作"何计问高天",《花草粹编》卷五、《历代诗余》卷二三作"无计问高天"。

归朝欢

声转辘轳闻露井①。晓引银瓶牵素绠②。西园人语夜来风,丛英飘坠红成径。宝猊烟未冷③。莲台香蜡残痕凝④。等身金⑤,谁能得意,买此好光景⑥。　　　粉落轻妆红玉莹⑦。月枕横钗云坠领⑧。有情无物不双栖,文禽只合常交颈。昼长欢岂定⑨。争如翻作春宵永⑩。日曈昽⑪,娇柔懒起,帘押残

99

花影^⑫。

【题解】

《花草粹编》卷一一调下有题为"春闺"。

【注释】

①辘轳:利用轮轴原理制成的井上汲水的起重装置,流行于北方地区。由辘轳头、支架、井绳、水斗等部分构成。贾思勰《齐民要术·种葵》:"井别作桔槔、辘轳。"注:"井深用辘轳,井浅用桔槔。"

②"晓引"句:指晨起汲井水。白居易《井底引银瓶》诗:"井底引银瓶,银瓶欲上丝绳绝。"晓引,《安陆集》、汪潮生本注:"一作'晓汲'。"银瓶,汲水器。素绠,缚于汲水器之绳索。陆龟蒙《野井》诗:"寒泉未必能如此,奈有银瓶素绠何?"《十名家词》本作"素梗"。

③宝猊:即金猊,香炉的一种。详见《醉桃源》(双花连衱近香猊)注①。

④莲台:即金莲烛,金饰莲花形灯烛。苏轼《和王晋卿》:"岂知垂老眼,却对金莲烛。"《宋史·苏轼传》:"轼尝锁宿禁中,召入对便殿……已而命坐赐茶,彻御前金莲烛送归院。"

⑤等身金:指与人身高相等的金子。形容数量之多,价值之高。语出《旧唐书·郝玼传》:"赞普下令国人曰:'有生得郝玼者,赏之以等身金。'"

⑥光景:《词律》卷一八作"风景"。

⑦红玉莹:肌肤红腻晶莹。皮日休《夜会问答》诗:"莲花烛,亭亭嫩蕊生红玉。"《十名家词》本作"温玉莹"。

⑧"月枕"句:语出孟昶《木兰花》词:"绣帘一点月窥人,欹枕钗横云鬓乱。"

⑨长:《词律》卷一八作"夜";《安陆集》注:"'长'字,《草堂诗余》作'夜',《词律》从之,注曰:'可平。'然下有'春宵永'句,则非夜可知。今据《吴兴艺文补》改正。"

⑩争如:怎如,怎么比得上。韦庄《夏口行》:"双双得伴争如雁?一一归巢却羡鸦。"

⑪曈昽(tónglóng):太阳初出时由暗而明的情景。杨亿《禁直》:"初日

瞳昽艳屋梁,鸣鞭一声下天路。"

⑫"帘押"句:《词律》卷一八、汪潮生本作"帘压卷花影"。帘押,镇帘之具。李商隐《灯》诗:"影随帘押转,光信篆文流。"《历代诗余》卷一八作"帘幕"。残,《花草粹编》卷一一、《百家词》本作"卷"。

【汇评】

宋·陈师道:尚书郎张先善著词,有云:"云破月来花弄影"、"帘压卷花影"、"堕轻絮无影"。世称颂云"张三影"。(《后山诗话》)

明·杨慎:宋贾黄中幼日聪明过人。父取书与其身相等,令诵之,谓之等身书。张子野《归朝欢》词云(引词从略)。此词极工,全录之。不观《贾黄中传》,知等身金为何语乎?(《词品》卷一)

明·李廷机:此词洞彻闺怨,了然在目。(《新刻注释草堂诗余评林》卷三)

明·沈际飞:"西园人语夜来风"二句,娇软工新。"有情无物不双栖"二句,桂英诗:"灵沼文禽皆有匹,仙园美木尽交枝。无情微物犹如此,何事风流言别离。"可以释此。(《草堂诗余》正集卷五)

相思令

蘋满溪,柳绕堤。相送行人溪水西,回时陇月低①。
烟霏霏,风凄凄②。重倚朱门听马嘶,寒鸥相对飞③。

【题解】

此首又见欧阳修《近体乐府》卷一;《草堂诗余》前集卷下又误作黄庭坚词。《十名家词》本、《安陆集》、《近体乐府》调作《长相思》。

【注释】

①时:《十名家词》本、《安陆集》作"归"。

②风:《十名家词》本、《安陆集》作"雨"。

③"寒鸥"句:《十名家词》本、《安陆集》作"寒鸦相对啼"。

少年游

红叶黄花秋又老,疏雨更西风。山重水远,云闲天淡,游子断肠中。　　青楼薄幸何时见①,细说与、这忡忡②。念远离情,感时愁绪,应解与人同。

【注释】
①青楼薄幸:语出杜牧《遣怀》诗:"赢得青楼薄幸名。"薄幸,旧时女子对所欢的昵称,冤家。周紫芝《谒金门》词:"薄幸更无书一纸,画楼愁独倚。"

②忡忡:忧愁烦闷的样子。屈原《楚辞·九歌·云中君》:"思夫君兮太息,极劳心兮忡忡。"

贺圣朝

淡黄衫子浓妆了①。步缕金鞋小②。爱来书幌绿窗前③,半和娇笑。　　谢家姊妹,诗名空杳④。何曾机巧。争如奴道,春来情思,乱如芳草⑤。

【注释】
①淡黄衫子:语出和凝《麦秀两岐》:"淡黄衫子裁春縠,异香芬馥。"

②步缕金鞋:金缕鞋,指鞋面以金线绣成的鞋。李煜《菩萨蛮》词:"刬袜步香阶,手提金缕鞋。"

③书幌:指书斋中的帷幔窗帘。

④"谢家"二句：典出刘义庆《世说新语·言语》："谢太傅雪日内集，与儿女讲论文义。俄而雪聚。公欣然曰：'白雪纷纷何所似？'兄子胡儿曰：'撒盐空中差可拟。'兄女曰：'未若柳絮因风起。'公大笑乐。即公大兄无奕女，左将军王凝之妻也。"

⑤乱如芳草：语出李煜《清平乐》词："离恨恰如春草，更行更远还生。"

生查子

当初相见时，彼此心萧洒。近日见人来，却恁相谩谑①。休休休便休②，美底教他且③。匹似没伊时④，更不思量也。

【注释】

①恁：如此。谩谑(xià)：欺诳。章炳麟《新方言·释言》："今人谓欺隐为谩，俗以瞒为之。"《汉书·宣帝纪》："务为欺谩。"《注》："师古曰：'谩，诳言也。'"《集韵》："谑，诳也。"

②"休休"句：意谓算了、罢了。黄庭坚《玉楼春》词："万事休休休莫莫。"

③"美底"句：实当作"教他且美底"，为押韵而倒装，意谓姑且让他美美地和别人相好吧。

④匹似：好似，比如。徐铉《离歌辞》之五："莫嫌春夜短，匹似楚襄王。"

夜厌厌

昨夜小筵欢纵。烛房深、舞鸾歌凤①。酒迷花困共厌厌②，倚朱弦、未成归弄③。　　峡雨忽收寻断梦④。依前是、

103

画楼钟动。争拂雕鞍匆匆去,万千恨、不能相送。

【注释】

①舞鸾歌凤:语出张说《温泉冯刘二监客舍观妓》诗:"镜前鸾对舞,琴里凤传歌。"

②厌厌:详见《八宝装》(锦屏罗幌初睡起)注②。

③弄:乐曲的一段、一章。白居易《夜招晦叔》诗:"高调秦筝一两弄,小花蛮榼二三升。"

④"峡雨"句:化用宋玉《高唐赋》意。详见《惜双双》(城上层楼天边路)注①。

又

昨夜佳期初共。鬟云低、翠翘金凤①。尊前含笑不成歌,意偷期、眼波微送②。　　峡雨岂容成楚梦③。夜寒深、翠帘霜重。相看还到断肠时,月西斜、画楼钟动。

【题解】

此首《唐宋诸贤绝妙词选》卷二作谢绛词。谢词调下有题为"别绪"。

【注释】

①翠翘:古代妇人首饰的一种。状似翠鸟尾上的长羽,故名。彭大翼《山堂肆考》:"翡翠鸟尾上长毛曰翘,美人饰如之,因名翠翘。"金凤:金凤钗,古代妇人首饰的一种。罗虬《比红儿》:"妆成浑欲认前期,金凤双钗逐步摇。"

②偷期:指男女私约幽会。柳永《集贤宾》词:"纵然偷期暗会,长是匆匆。"

③"峡雨"句:化用宋玉《高唐赋》意。详见《惜双双》(城上层楼天边路)

注①。

迎春乐

城头画角催夕宴。忆前时、小楼晚。残虹数尺云中断。愁送目、天涯远。　　枕清风、停画扇。逗蛮簟、碧纱零乱①。怎生得伊来②,今夜里、银蟾满。

【注释】

①蛮簟(diàn):古代南方地区生产之竹席。吴则礼《过欧阳元老草堂》诗:"蛮簟敷龙牙,曲肱偶欹眠。"

②怎生:怎样,如何。吕岩《绝句》:"不问黄芽肘后方,妙道通微怎生说?"

【汇评】

张相:此词文法倒装,意言今夜月光满照,透澈于簟席纱窗间,如此良宵,奈伊人之不来也。(《诗词曲语辞汇释》卷二)

凤栖梧

密宴厌厌池馆暮①。天汉沉沉②,借得春光住。红翠斗为长袖舞③。香檀拍过惊鸿翥④。　　明日不知花在否。今夜圆蟾⑤,后夜忧风雨。可惜歌云容易去⑥。东城杨柳东城路⑦。

【题解】

《历代诗余》卷三七、《十名家词》本调作《蝶恋花》。知不足斋本调下有题为"夜饮"。

【注释】

①厌厌:安静,安逸。陶渊明《咏二疏》诗:"厌厌闾里欢,所营非近务。"逯钦立校注:"厌厌,安逸貌。"《历代诗余》卷三七、《十名家词》本作"未休",《湖州词征》本作"恹恹"。

②天汉:古时指银河。《诗经·小雅·大东》:"维天有汉,监亦有光。"《传》:"汉,天河也。"

③红翠:红腰翠黛,指歌舞伎。白居易《三日袚禊洛滨》诗:"舞急红腰软,歌迟翠黛低。"斗:骤然,突然。韩愈《答张十一功曹》诗:"吟君诗罢看双鬓,斗觉霜毛一半加。"

④香檀:拍板。宋时拍板以檀木所制最为名贵。韩维《洛城杂诗》:"香檀乱拍朱弦急,应有游人醉欲迷。"

⑤圆蟾:圆月。神话传说月中有蟾蜍,故称。张碧《美人梳头》:"玉容惊觉浓睡醒,圆蟾挂出妆台表。"

⑥歌云:典故,出自《列子·汤问》,其云:"薛谭学讴于秦青,未穷青之技,自谓尽之。遂辞归,秦青弗止,饯于郊衢,抚节悲歌,声振林木,响遏行云,薛谭乃谢,求反,终身不敢言归。"后用以指动听的歌声。

⑦东城路:意指相别于东城。《历代诗余》卷三七、《十名家词》本作"来时路"。

双燕儿

　　榴花帘外飘红。藕丝罩、小屏风①。东山别后②,高唐梦短③,犹喜相逢。　　几时再与眠香翠,悔旧欢、何事匆匆。芳心念我,也应那里,蹙破眉峰④。

【注释】

①藕丝:白色丝。温庭筠《归国遥》:"舞衣无力风敛,藕丝秋色染。"

②东山:用谢安隐居东山典故。刘义庆《世说新语·识鉴》:"谢公在东山蓄妓,简文曰:'安石必出,既与人同乐,亦不得不与人同忧。'"刘孝标注引宋明帝《文章志》云:"安纵心事外,疏略常节,每蓄女妓,携持游肆也。"

③高唐梦:用宋玉《高唐赋》典故。详见《惜双双》(城上层楼天边路)注①。

④蹙破眉峰:语出宋无名氏《眉峰碧》词,其云:"蹙破眉峰碧。纤手还重执。镇日相看未足时,忍便使、鸳鸯只。　薄暮投村驿,风雨愁通夕。窗外芭蕉窗里人,分明叶上心头滴。"

卜算子慢

溪山别意,烟树去程,日落采蘋春晚①。欲上征鞍②,更掩翠帘相盼③。惜弯弯浅黛长长眼。奈画阁欢游,也学狂花乱絮轻散④。　　水影横池馆。对静夜无人,月高云远。一饷凝思⑤,两袖泪痕还满⑥。恨私书,又逐东风断⑦。纵西北层楼万尺⑧,望重城那见⑨。

【注释】

①采蘋:采集浮萍。《诗经·召南·采蘋》:"于以采蘋? 南涧之滨。"柳恽《江南曲》:"汀洲采白蘋,日落江南春。"

②征鞍:《词综》卷五、《安陆集》、汪潮生本作"征鞅"。

③"翠帘"下:《花草粹编》卷八、《百家词》本、《词综》卷五、《十名家词》本、《词律》卷三、《词谱》卷二一、《安陆集》、汪潮生本另有"回面"二字。

④狂花乱絮:《词律》卷三作"狂风飞絮"。

⑤一饷:片刻。白居易《对酒》诗:"无如饮此销愁物,一饷愁消直万金。"

⑥"两袖"句:《词综》卷五、《十名家词》本、《历代诗余》卷五四、《词律》

卷三、《词谱》卷二一、《安陆集》"袖"作"眼"。《花草粹编》卷八"两"下无"袖"字。《花草粹编》卷八、《百家词》本、《词综》卷五、《十名家词》本、《历代诗余》卷五四、《词律》卷三、《安陆集》、汪潮生本"还满"下另有"难遣"二字。

⑦私书：隐秘不公开的书信。韩偓《幽窗》诗："密约临行怯，私书欲报难。"李商隐《赠从兄阆之》诗："怅望人间万事违，私书幽梦约忘机。"

⑧西北层楼：化用《古诗十九首》其五："西北有高楼，上与浮云齐。"西北，《花草粹编》卷八、《词综》卷五、《十名家词》本、《历代诗余》卷五四、《词律》卷三、《词谱》卷二一、《安陆集》、汪潮生本作"梦泽"。《百家词》本"西北"下另有"梦泽"二字，误。尺：《花草粹编》卷八、《词综》卷五、《十名家词》本、《历代诗余》卷五四、《词谱》卷二一作"丈"。

⑨重：《花草粹编》卷八、《百家词》本、《词综》卷五、《十名家词》本、《历代诗余》卷五四、《词律》卷三、《词谱》卷二一、汪潮生本作"湖"。

【汇评】

清·万树：诸仄字，皆宜玩，而"去"、"翠"、"泪"等去声，妙！妙！（《词律》卷三）

更漏子

锦筵红，罗幕翠。侍宴美人姝丽。十五六，解怜才①。劝人深酒杯②。　　黛眉长，檀口小③。耳畔向人轻道。柳阴曲、是儿家。门前红杏花④。

【注释】

①解怜：懂得怜爱。白居易《凭李睦州访徐凝山人》："解怜徐处士，惟有李郎中。"

②深酒杯：斟满，饮尽。薛昭蕴《浣溪沙》："情深还似酒杯深，楚烟湘月两沉沉。"

③檀口:香唇,红唇,形容女性唇美。韩偓《余作探花使以缭绫手帕子寄贺因而有诗》:"黛眉印在微微绿,檀口消来薄薄红。"

④"柳阴曲"二句:语出白居易《杨柳枝》:"若解多情寻小小,绿杨深处是苏家。"儿,古代妇女自称。元稹《莺莺传》:"玉环一枚,是儿婴年所弄。"

南歌子

醉后和衣倒,愁来殢酒醺①。困人天气近清明。尽日厌厌□脸、浅含颦②。　　睡觉□□恨,依然月映门。楚天何处觅行云③。唯有暗灯残漏、伴消魂。

【注释】

①殢(tì)酒:沉湎于酒,病酒。刘过《贺新郎》词:"人道愁来须殢酒,无奈愁深酒浅。"

②厌厌:详见《八宝装》(锦屏罗幌初睡起)注②。

③"楚天"句:化用宋玉《高唐赋》典故。详见《惜双双》(城上层楼天边路)注①。

又

蝉抱高高柳,莲开浅浅波。倚风疏叶下庭柯①。况是不寒不暖、正清和②。　　浮世欢会少③,劳生怨别多④。相逢休惜醉颜酡⑤。赖有西园明月、照笙歌⑥。

【注释】

①庭柯:庭园中的树木。贯休《春寄西山陈陶》诗:"堑水成文去,庭柯

擎翠低。"

②清和:农历四月的俗称。袁枚《随园诗话》卷一五:"张平子《归田赋》:'仲春令月,时和气清。'盖指二月也。小谢诗因之,故曰:'首夏犹清和,芳草亦未歇。'今人删去'犹'字,而竟以四月为'清和'。"

③浮世:人世。旧时认为人世间是浮沉聚散不定的,故称。阮籍《大人先生传》:"夫大人者,乃与造物同体,天地并生,逍遥浮世,与道俱成。"

④劳生:辛劳的人生。《庄子·大宗师》:"夫大块载我以行,劳我以生,佚我以老,息我以死。"骆宾王《海曲书情》诗:"薄游倦千里,劳生负百年。"

⑤醉颜酡(tuó):醉容,饮酒脸红的样子。宋玉《招魂》:"美人既醉,朱颜酡些。"白居易《与诸客空腹饮》诗:"促膝才飞白,酡颜已渥丹。"

⑥西园:指游宴之处。详见《天仙子》(醉笑相逢能几度)注④。

蝶恋花

临水人家深宅院。阶下残花,门外斜阳岸。柳舞曲尘千万线①。青楼百尺临天半②。　　楼上东风春不浅。十二阑干③,尽日珠帘卷。有个离人凝泪眼。淡烟芳草连云远。

【注释】

①曲尘:亦作"麴尘"。酒曲上所生之菌,色淡黄如尘,因以称淡黄色。谷神子《博异志·阎敬立》:"须臾吐昨夜所食,皆作朽烂气,如黄衣麴尘之色,斯乃槼中送亡人之食也。"此以柳色借指柳条。司空图《杨柳枝》词:"笑问江头醉公子,饶君满把曲尘丝。"

②青楼:青漆涂饰的豪华精致的楼房。曹植《美女篇》诗:"青楼临大路,高门结重关。"

③十二阑干:曲曲折折的栏杆。十二,意谓曲折之多。《西洲曲》:"栏杆十二曲,垂手明如玉。"

又

绿水波平花烂漫。照影红妆,步转垂杨岸①。别后深情将为断。相逢添得人留恋。　　絮软丝轻无系绊。烟惹风迎,并入春心乱。和泪语娇声又颤。行行尽远犹回面②。

【注释】

①垂杨岸:垂杨轻拂的河岸。李商隐《无题》诗:"何处哀筝随急管,樱花永巷垂杨岸。"

②"行行"句:化用《古诗十九首》其一:"行行重行行,与君生别离。"

又

移得绿杨栽后院。学舞宫腰①,二月青犹短②。不比灞陵多送远③。残丝乱絮东西岸④。　　几叶小眉寒不展⑤。莫唱《阳关》⑥,真个肠先断⑦。分付与春休细看⑧。条条尽是离人怨⑨。

【题解】

《花草粹编》卷七调下有题为"绿杨"。关于此词本事,《湖录经籍考》卷五引《古今词话》云:"子野晚年,风韵未已,尝宠一姬,颇艳丽。但恨姬亦士族,不肯立名,子野以六娘呼之。而子野闺中性严,坚使立名,子野不得已,以绿杨呼之。盖取绿杨之声音与六娘相近也。既而又知不相容,将欲逐去之,子野乃作《蝶恋花》一曲(即此词),以写惓惓之意。绿杨临行,子野悒悒不能留,乃更作《浪淘沙令》以送别。"

①学舞:《花草粹编》卷七作"渐学"。宫腰:即楚腰,纤腰。典出《韩非子·二柄》:"楚灵王好细腰,而国中多饿人。"后世即以"楚腰"称女子腰身细美。杨炎《赠元载歌妓》诗:"玉山翘翠步无尘,楚腰如柳不胜春。"

②青犹短:指杨柳鹅黄初现,而绿尚不足。

③灞陵:灞陵桥。汉唐以来为折柳送别之地。《三辅黄图》卷六:"霸桥在长安东,跨水作桥,汉人送客至此桥,折柳赠别。"《花草粹编》卷七"比"作"似"、"多"作"作"。

④残丝乱絮:《花草粹编》卷七作"千丝万缕"。残丝,折断的柳枝。乱絮,散乱的柳絮。

⑤几叶:《花草粹编》卷七作"几度"。小眉:喻指杨柳初生的嫩叶。李绅《柳》其二:"千条垂柳拂金丝,日暖牵风叶学眉。"寒:《花草粹编》卷七作"愁"。

⑥莫:《花草粹编》卷七作"休"。阳关:曲名,曲辞即王维名作《送元二使安西》,其云:"渭城朝雨浥轻尘,客舍青青柳色青。劝君更进一杯酒,西出阳关无故人。"

⑦肠先断:《花草粹编》卷七、《十名家词》本、《历代诗余》卷三九作"无肠断"。

⑧分付:交给,分别付与。《汉书·原涉传》:"宾客争问所当得,涉乃侧席而坐,削牍为疏,具记衣被棺木,下至饭含之物,分付诸客。"休细看:《花草粹编》卷七作"春不管",《十名家词》本、《历代诗余》卷三九作"春细看"。

⑨"条条"句:化用雍陶《题情尽桥》:"自此改名为折柳,任他离恨一条条。"

诉衷情

　　花前月下暂相逢。苦恨阻从容。何况酒醒梦断,花谢月朦胧。　　花不尽,月无穷。两心同。此时愿作,杨柳千丝,绊惹春风。

又

数枝金菊对芙蓉。零落意忡忡①。不知多少幽怨，和泪泣东风②。　　人散后，月明中。夜寒浓。谢娘愁卧③，潘令闲眠④，往事何穷。

【题解】

此首又见晏殊《珠玉词》。

【注释】

①"零落"句：《珠玉词》作"摇落意重重"。忡忡，详见《少年游》（红叶黄花秋又老）注②。

②泪：《珠玉词》作"露"。

③谢娘：同谢女。详见《谢池春慢》（缭墙重院）注⑧。此处泛指女郎。

④潘令闲眠：潘令，即西晋著名诗人、美男子潘岳。典出《晋书·潘岳传》："（岳）既仕宦不达，乃作《闲居赋》。"潘岳《闲居赋序》云："为河阳、怀令……除长安令……亲疾，辄去官免。……孝乎惟孝，友于兄弟，此亦拙者为之政也。乃作《闲居赋》，以歌事遂情焉。"

木兰花

楼下雪飞楼上宴。歌咽笙簧声韵颤①。尊前有个好人人②，十二阑干同倚遍。　　帘重不知金屋晚③。信马归来肠欲断。多情无奈苦相思，醉眼开时犹似见。

【注释】

①笙簧：指笙。簧，笙中之簧片。郦道元《水经注·洛水》："登上峰，行且啸，如箫韶笙簧之音，声振山谷。"

②人人：昵称，那人。常指所爱者。柳永《浪淘沙令》词："有个人人，飞燕精神。"

③金屋：用汉武帝金屋藏娇典故。旧题班固《汉武故事》："胶东王（武帝）数岁，公主抱置膝上，问曰：'儿欲得妇不?'胶东王曰：'欲得妇。'长主指左右长御百余人，皆云'不用'。末指其女，问曰：'阿娇好不?'于是乃笑对曰：'好！若得阿娇作妇，当作金屋贮之也。'长主大悦，乃苦要上，遂成婚焉。"白居易《长恨歌》诗："金屋妆成娇侍夜，玉楼宴罢醉和春。"韩偓《无题》诗："绣屏金作屋，丝幰玉为轮。"

减字木兰花

　　垂螺近额①，走上红裀初趁拍②。只恐轻飞③，拟倩游丝惹住伊④。　　文鸳绣履⑤，去似杨花尘不起⑥。舞彻《伊州》⑦，头上宫花颤未休⑧。

【题解】

《词综》卷五、《安陆集》、汪潮生本调下有题为"赠妓"，知不足斋本题作"咏舞"。

【注释】

①垂螺：古时女子的额饰。杨慎《升庵诗话》卷四："垂螺、双螺，盖当时角妓未破瓜时额饰，今搬演淡色，犹有此制。"

②趁拍：合着节拍。白居易《醉后赠人》："香球趁拍回环匼，花盏抛巡取次飞。"

③轻飞：《词综》卷五、《安陆集》、汪潮生本、《闲情集》卷一作"惊飞"。

④惹住伊:《乐府雅词》卷上、《十名家词》本、汪潮生本作"惹住衣"。

⑤文鸳绣履:绣着鸳鸯的丝鞋。文鸳,鸳鸯的古称。因其羽毛华美,故称。

⑥杨花:《乐府雅词》卷上、《百家词》本、《词综》卷五、《安陆集》、汪潮生本作"流风"。

⑦伊州:唐大曲名,传自伊州(今新疆哈密地区)之歌舞曲,曲调古朴苍凉。《新唐书·五行志》:"天宝后名曲,多以边地为名,如《伊州》、《甘州》、《凉州》等。"洪迈《容斋随笔》卷一四:"今乐府所传大曲,皆出于唐,而以州名者五:《伊》、《凉》、《熙》、《石》、《渭》也。"《伊州曲》出于龟兹乐,曲遍甚繁。词中称"舞彻",是以整套大曲进舞。《词综》卷五、《安陆集》、汪潮生本作"梁州"。

⑧宫花:宫廷特制之花,绢类织物制作,戴在头上作饰物。《乐府雅词》卷上、《百家词》本、《十名家词》本作"花枝"。

【汇评】

清·陈廷焯:子野词最为近古,耆卿而后,声色大开,古调不复弹矣。《闲情集》卷一)

少年游

井桃

碎霞浮动晓朦胧①。春意与花浓②。银瓶素绠③,玉泉金瓮④,真色浸朝红⑤。　　花枝人面难常见⑥,青子小丛丛⑦。韶华长在,明年依旧,相与笑春风。

【注释】

①"碎霞"句:语出江为诗残句:"竹影横斜水清浅,桂香浮动月黄昏。"林逋《山园小梅》诗:"疏影横斜水清浅,暗香浮动月黄昏。"此处描写桃花。胧,《十名家词》本作"朦"。

②浓:《花草粹编》卷五、《十名家词》本作"通"。

③银瓶素绠:详见《归朝欢》(声转辘轳间露井)注②。

④金甃:坚固的井壁。罗邺《吴王古宫井》之二:"含青薜荔随金甃,碧砌磷磷生绿苔。"

⑤真色:指井水中之桃花倒影。

⑥花枝人面:典出孟棨《本事诗·情感》:"博陵崔护……清明日独游都城南,得居人庄。有女子自门隙窥之,酒渴求饮,女子以杯水至,开门设床命坐,独倚小桃斜柯伫立,而意属殊厚,妖姿媚态,绰有余妍。崔辞去,送至门,如不胜情而入。及来岁清明,径往寻之,门墙如故,而已锁扃之,因题《都城南庄》诗于左扉曰:'去年今日此门中,人面桃花相映红。人面只今何处去,桃花依旧笑春风。'"

⑦"青子"句:典出于邺《扬州梦记》:太和末,杜牧自宣州游览湖州风物奇色,"于丛人中有里姥引鸦女年十余岁,牧熟视曰:'此真国色也……'因使语其母,将接至舟中,母女皆惧。牧曰:'且不即纳,当为后期。'姥曰:'他年失信,复当何如?'牧曰:'吾不十年,必守此郡。十年不来,乃从尔所适可也。'母许诺,因以重币结之,为盟而别。"大中三年,杜牧始授湖州刺史,"比至郡,则已十四年矣。所约已从人三载,而生三子。……(牧)因赋诗以自伤曰:'自是寻春去较迟,不须惆怅怨芳时。狂风落尽深红色,绿叶成阴子满枝。'"

又

帽檐风细马蹄尘。常记探花人①。露英千样,粉香无尽,蓦地酒初醒②。　　探花人向花前老③,花上旧时春。行歌声外④,靓妆丛里⑤,须贵少年身⑥。

【注释】

①探花人:唐时,进士及第后杏园初宴时,常以同榜中最年少者二人为

116

探花使,到各园采折名花。北宋因之。李淖《秦中岁时记》:"进士杏园初宴,谓之探花宴,差少俊二人为探花使,遍游名园,若他人先折花,二使皆被罚。"魏泰《东轩笔录》卷六:"进士及第后,例期集一月,共醵罚钱奏宴局,什物皆请同年分掌,又选最年少者二人为探花使,赋诗,世谓之探花郎。"此词似用于探花宴上。

②"蕚地"句:《十名家词》本作"秦地酒初醇"。

③向:《十名家词》本作"渐"。

④外:《十名家词》本作"里"。

⑤靓妆丛:指妆饰华美的女子群。司马相如《上林赋》:"靓妆刻饰,便嬛绰约。"裴骃集解:"靓妆,粉白黛眉也。"

⑥"须贵"句:新进士中最年少者作探花人,故云。元好问《探花词》之三:"六十人中数少年,风流谁占探花筵。"身,《十名家词》本作"春"。

醉落魄

云轻柳弱①。内家髻要新梳掠②。生香真色人难学。横管孤吹③,月淡天垂暮。 朱唇浅破桃花萼④。倚楼谁在阑干角⑤。夜寒手冷罗衣薄⑥。声入霜林,簌簌惊梅落⑦。

【题解】

《历代诗余》卷三四调作《一斛珠》。《花草粹编》卷六调下有题为:"佳人吹笛。"《十名家词》本题作"咏佳人吹笛",《词综》卷五、《历代诗余》卷三四、汪潮生本题作"美人吹笛",《草堂诗余》后集卷下题作"咏美人吹笛"。

【注释】

①云轻柳弱:比喻妇女的头发轻柔,腰肢细软。何作善《浣溪沙》词:"黛浅波娇情脉脉,云轻柳弱意真真。"

②内家:唐时宫中女伎艺人家在教坊,其家称内人家。崔令钦《教坊

记》:"妓女入宜春院,谓之'内人',亦曰'前头人',常在上前也。其家犹在教坊,谓之'内人家'。"赵令畤《侯鲭录》卷一:"唐梨园弟子以置院近于禁苑之梨园也。女妓入宜春院,谓之'内人'。……骨肉居教坊,谓之'内人家',有请俸。"敦煌曲有《内家娇》词专状内人装束:"丝碧罗冠,搔头坠鬓,宝妆玉凤金蝉,轻轻傅粉。"李珣《浣溪沙》词:"晚出闲庭看海棠,风流学得内家妆。"要:《乐府雅词》卷上、《花草粹编》卷六、《草堂诗余》后集卷下、《草堂诗余》正集卷二、《词综》卷五、《十名家词》本、《历代诗余》卷三四、《安陆集》作"子"。

③横管:指笛子。沈括《梦溪笔谈·乐律》:"或云汉武帝时,丘仲始作笛;又云起于羌人。后汉马融所赋长笛,空洞无底,剡其上孔五孔,一孔出其背,正似今之尺八。李善为之注云:七孔,长一尺四寸。此乃今之横笛耳。太常鼓吹部中谓之横吹,非融之所赋者。"

④"朱唇"句:语出韩偓《裊娜》:"著词暂见樱桃破,飞盏遥闻豆蔻香。"桃花,《草堂诗余》后集卷下、《词综》卷五、汪潮生本作"樱桃",《花草粹编》卷六、《安陆集》作"樱花"。

⑤"倚楼"句:语出赵嘏《长安秋望》诗:"残星几点雁横塞,长笛一声人倚楼。"谁在,《草堂诗余》后集卷下、《花草粹编》卷六、《词综》卷五、《安陆集》、汪潮生本作"人在"。

⑥手:《乐府雅词》卷上、《草堂诗余》后集卷下、《花草粹编》卷六、《词综》卷五、《安陆集》、汪潮生本作"指"。罗:《百家词》本、《历代诗余》卷三四、《十名家词》本作"春"。

⑦"声入"二句:意谓笛声使梅花惊落。古诗词中写笛声常常有落梅意象,乃为通感手法。不管什么季节,有无梅花,借用古笛曲《落梅花》,化听觉为视觉,以虚幻奇特之景表现笛声的宛转悠扬,形象生动,或者同时借笛声中暗指作者的万般愁绪与寥落心情。吴曾《能改斋漫录》卷三:"《乐府杂录》载:'笛者,羌乐也。'古曲有《落梅花》、《折杨柳》,非谓吹之则梅落耳。故陈贺彻《长笛》诗云:'柳折城边树,梅舒岭外林。'张正见《柳》诗亦云:'不分《梅花落》,还同横笛吹。'李峤《笛》诗云:'逐吹《梅花落》,含春柳色惊。'意谓笛有《梅》、《柳》二曲也。然后世皆以吹笛则梅花落,如戎昱《闻笛》诗

云：'平明独惆怅，飞尽一庭梅。'崔橹《梅》诗云：'初闻已入雕梁画，未落先愁玉笛吹。'……皆不悟其失耳。"惊，《乐府雅词》卷上、《十家名词》本作"飞"。

【汇评】

明·杨慎：古人诗词咏笛者多用《梅花落》事，如此用法便新警。（《草堂诗余》卷二）

明·卓人月：人羡汤若士（显祖）"丹青女易描，真色人难学"之句，不知为子野所创。（《古今词统》卷八）

清·许昂霄："生香真色人难学"以上写美人。"横管孤吹，月淡天垂暮"以下说吹笛。"倚楼人在阑干角"，暗用唐诗。（《词综偶评》）

清·先著、程洪："生香真色"四字，可以移评石帚、玉田之词。（《词洁辑评》卷二）

清·黄苏："云轻柳弱"，写佳人神韵清远。"生香真色"，尤为高雅。至"声入霜林"，"梅"亦能"落"，此又是真世艺矣。写得佳人色艺天然。惟一"真"字，岂是寻常所有写佳人耶？借佳人以为照耶？须玩味于笔墨之外，方可不是买椟还珠也。（《蓼园词选》）

清·许宝善：子野词亦复真色生香。（《自怡轩词选》卷一）

清·陈廷焯：情词并茂，姿态横生，李端叔谓子野才短情长，岂其然欤？（《闲情集》卷一）

菊花新

坠髻慵妆来日暮①。家在画桥堤下住②。衣缓绛绡垂③，琼树袅、一枝红雾④。　　院深池静娇相妒⑤。粉墙低、乐声时度。长恐舞筵空，轻化作、彩云飞去⑥。

【注释】

①坠髻：即坠马髻，女子发髻名。始于汉代，其式样如同骑马坠落之

态,故名。《后汉书·梁冀传》:"(冀妻孙寿)色美而善为妖态,作愁眉、啼妆、坠马髻。"一说发髻松垂,似垂落貌。李贺《美人梳头歌》:"西施晓梦绡帐寒,香鬟堕髻半沉檀。"慵妆:即慵来妆,汉代开始出现。慵来妆薄施朱粉,浅画双眉,鬓发蓬松而卷曲,给人以慵困、倦怠之感。《赵飞燕外传》:"合德新沐,膏九曲沉水香,为卷发,号新髻;为薄眉,号远山眉;施小朱,号慵来妆。"

②画桥:《花草粹编》卷五、《百家词》本、《十名家词》本、《历代诗余》卷三三、《词谱》卷九作"柳桥"。

③垂:《词律拾遗》卷二注:"叶本作'单'。"

④琼树袅:意谓姿色美好,常用以比喻品格高洁的人。语出刘义庆《世说新语·赏誉》:"王戎云:'太尉(王衍)神姿高彻,如瑶林琼树,自然是风尘外物。'"苏轼《次韵赵令铄》:"故人年少真琼树,落笔风生战堵墙。"红雾:指身穿红色服装翩翩起舞。

⑤娇:《花草粹编》卷五、《百家词》本、《十名家词》本、《历代诗余》卷三三、《词谱》卷九作"花"。

⑥"长恐"二句:李白《宫中行乐词》:"只恐歌舞散,化作彩云飞。"

虞美人

画堂新霁情萧索。深夜垂珠箔①。洞房人睡月婵娟。梧桐双影上珠轩。立阶前。　　高楼何处连宵宴。塞管声幽怨②。一声已断别离心。旧欢抛弃杳难寻。恨沉沉。

【题解】
此首又见冯延巳《阳春集》。

【注释】
①珠箔:珠帘。旧题班固《汉武故事》:"武帝起神室,以白珠织为箔。"

李白《陌上赠美人》诗："美人一笑褰珠箔,遥指红楼是妾家。"

②塞管:塞外胡乐器。以芦为首,竹为管,声悲切。杜牧《张好好诗》:"繁弦迸关纽,塞管裂圆芦。"冯集梧注:"北人吹角以惊马,一名筚管,以芦为首,竹为管。"

又

碧波帘幕垂朱户,帘下莺莺语。薄罗依旧泣青春,野花芳草逐年新,事难论。　　凤笙何处高楼月①。幽怨凭谁说。亭亭残照上梧桐②。一时弹泪与东风,恨重重。

【题解】

此首又见冯延巳《阳春集》。

【注释】

①凤笙:用王子乔好吹笙作凤凰鸣之典。刘向《列仙传》卷上"王子乔":"王子乔者,周灵王太子晋也。好吹笙作凤凰鸣。游伊、洛之间。道人浮丘公接以上嵩高山。三十余年后,求之于山上,见柏良曰:'告我家,七月七日待我于缑氏山巅。'至时,果乘白鹤驻山头。望之不得到。举手谢时人,数日而去。"李白《凤吹笙曲》诗:"玉京迢迢几千里,凤笙去去无穷已。"

②亭亭:指耸立,高貌。曹丕《杂诗》:"西北有浮云,亭亭如车盖。"

又

苕花飞尽汀风定①。苕水天摇影②。画船罗绮满溪春。一曲《石城》清响、入高云③。　　壶觞昔岁同歌舞④。今日无欢侣⑤。南园花少故人稀⑥。月照玉楼依旧、似当时⑦。

【注释】

　　①苕花：苕水岸上的花。苏轼《宿余杭法喜寺寺后绿野堂望吴兴诸山怀孙莘老学士》诗：“北望苕溪转。”施注引《杭州图经》云：“苕水出天目山，古老相传，夹岸多苕草。秋风吹花，浮如飞雪，因以名溪。”飞：《花草粹编》卷五、《百家词》本、《十名家词》本、《历代诗余》卷三〇、《安陆集》作“落”。

　　②苕水：即苕溪。详见《泛清苕》（绿净无痕）注①。

　　③石城：即《石城乐》，亦名《莫愁乐》。郭茂倩《乐府诗集·西曲歌中·莫愁乐》：“莫愁在何处，莫愁石城西。艇子打两桨，催送莫愁来。”《旧唐书·音乐志》：“《莫愁乐》出于《石城乐》。石城有女子名莫愁，善歌谣，《石城乐》和中复有‘莫愁’声，故歌云。”“响”下：知不足斋本有“亮”字，并注：“一无‘亮’字。”

　　④舞：《花草粹编》卷五、《百家词》本、《十名家词》本、《历代诗余》卷三〇、《安陆集》作“笑”。

　　⑤欢侣：《花草粹编》卷五、《百家词》本、《十名家词》本、《历代诗余》卷三〇、《安陆集》作“年少”。

　　⑥南园：在湖州，张先家址。详见《醉落魄》（山围画障）注⑦。

　　⑦“旧”下：知不足斋本另有“有”字，并注：“一无‘有’字。”

醉红妆

　　琼枝玉树不相饶①。薄云衣、细柳腰②。一般妆样百般娇。眉眼细、好如描③。　　　东风摇草百花飘④。恨无计、上青条⑤。更起双歌郎且饮⑥，郎未醉、有金貂⑦。

【题解】

　　《历代诗余》卷二三注：“一名《醉红楼》，一名《双燕儿》。”《安陆集》注：“又名《双燕儿》。”《词谱》卷九云：“调见张先词集。因词中有‘一般妆样百般娇'及'郎未醉、有金貂'句,取以为名。"

【注释】

①琼枝玉树:形容姿色美好。详见《菊花新》(坠髻慵妆来日暮)注④。枝,《花草粹编》卷五、《历代诗余》卷二三、《词谱》卷九、《安陆集》作"林"。相饶:饶恕,宽容。牛峤《杨柳枝》词之三:"桥北桥南千万条,恨伊张绪不相饶。"

②柳腰:形容女子姿态美好。详见《醉垂鞭》(双蝶绣罗裙)注⑤。

③眼细:《词谱》卷九、《安陆集》作"儿秀"。细,《花草粹编》卷五、《百家词》本、《十名家词》本、《历代诗余》卷二三、汪潮生本作"秀"。好:《花草粹编》卷五、《十名家词》本、《历代诗余》卷二三、《词谱》卷九、《安陆集》、汪潮生本作"总"。

④东风摇草:语出《古诗十九首》:"四顾何茫茫,东风摇百草。"百:《花草粹编》卷五、《百家词》本、《十名家词》本、《历代诗余》卷二三、《词谱》卷九、《安陆集》、汪潮生本作"杂"。

⑤"无计"前:《花草粹编》卷五无"恨"字。

⑥起:《花草粹编》卷五、《历代诗余》卷二三作"送"。双歌:两人同歌。

⑦金貂:汉代以后,皇帝侍臣用貂尾制作冠饰,称为金貂。《晋书·阮孚传》载,阮孚曾用金貂换酒喝。后常用为不惜千金饮酒的典故。

菩萨蛮

玉人又是匆匆去①。马蹄何处垂杨路。残月倚楼时。断魂郎未知。　　阑干移倚遍。薄幸教人怨②。明月却多情。随人处处行③。

【注释】

①玉人:语出《晋书·卫玠传》:"(玠)年五岁,风神秀异……总角乘羊车入市,见者皆以为玉人,观之者倾都。"刘义庆《世说新语·容止》:"裴令

123

公有俊容仪,脱冠冕,粗服乱头皆好,时人以为玉人。"后遂以"玉人"称美男子。

②薄幸:女子对所欢的昵称,犹言冤家。教:使,令,让。白居易《琵琶行》诗:"曲罢曾教善才服,妆成每被秋娘妒。"

③"明月"二句:化用李白《月下独酌》诗:"月既不解饮,影徒随我身。……我歌月徘徊,我舞影零乱。"

怨春风

　　无由且住。绵绵恨似春蚕绪。见来时饷还须去①。月浅灯收②,多在偷期处③。　　今夜掩妆花下语。明朝芳草东西路。愿身不学相思树④。但愿罗衣,化作双飞羽⑤。

【注释】

①饷:一会儿,不多久的时间。后作"晌"。韩愈《醉赠张秘书》诗:"虽得一饷乐,有如聚飞蚊。"

②月浅:月光浅淡。晏几道《清平乐》词:"犹恨那回庭院,依前月浅灯深。"灯收:收灯,传统节日习俗。农历正月十五为元宵节,也就是灯节。正月十三日上灯,至十八日收灯。收灯毕,都人争先出城探春。姜夔《浣溪沙》词序:"己酉岁客吴兴,收灯夜阒户无聊。"范成大《浣溪沙·元夕后三日王文明席上》词:"宝髻双双出绮丛,妆光梅影各春风。收灯时候却相逢。"

③偷期:详见《夜厌厌》(昨夜佳期初共)注②。

④相思树:相传为战国宋康王的舍人韩凭和他的妻子何氏所化生。据干宝《搜神记》卷一一记载:战国时,韩凭妻为宋康王所夺,凭自杀,妻亦投台下而死,遗书于带,希望与凭合葬。"王怒,弗听,使里人埋之,冢相望也。王曰:'尔夫妻相爱不已,若能使冢合,则吾弗阻也。'宿昔之间,便有大梓生于二冢之端,旬日而有大盈抱。……又有鸳鸯雌雄各一,恒栖树上,晨夕不

124

去,交颈悲鸣,音声感人。宋人哀之,遂号其木曰相思树。"

⑤"但愿"二句:语出阮籍《咏怀》诗:"愿为双飞鸟,比翼共翱翔。"

于飞乐令

宝奁开,菱鉴静①,一掬清蟾②。新妆脸、旋学花添③。蜀红衫④,双绣蝶,裙缕鹣鹣⑤。寻思前事,小屏风、巧画江南⑥。

怎空教、草解宜男⑦。柔桑暗⑧,又过春蚕。正阴晴天气,更暝色相兼。幽期消息,曲房西、碎月筛帘⑨。

【题解】

此首又见欧阳修《醉翁琴趣外篇》卷一。《百家词》本、《历代诗余》卷四七、《词综》卷五、《十名家词》本、《词律》卷一一、《词谱》卷一六、《安陆集》、汪潮生本调无"令"字。

【注释】

①菱鉴:菱镜。李中《春闺》诗:"晨昏菱鉴懒修容,双脸桃花落尽红。"静:《百家词》本、《词综》卷五、《十名家词》本、《历代诗余》卷四七、《词律》卷一一、《词谱》卷一六、《安陆集》作"净"。

②清蟾:因传说月中有蟾蜍,故以蟾代称月。

③学花添:犹云学画梅花妆。详见《雨中花令》(近鬓彩钿云雁细)注①。

④蜀红衫:蜀锦制成的红色衣衫。一说蜀红谓海棠。海棠一名蜀客,花色红,故云。

⑤裙缕鹣鹣(jiān):裙上绣有鹣鹣图案。鹣鹣,即比翼鸟。传说此鸟仅一目一翼,雌雄须并翼飞行,故称比翼鸟。《尔雅·释地》:"南方有比翼鸟焉。不比不飞,其名谓之鹣鹣。"郭璞注云:"似凫,青赤色,一目一翼,相得乃飞。"

⑥巧：《百家词》本、《词综》卷五、《十名家词》本、《历代诗余》卷四七、《词律》卷一一、《词谱》卷一六、《安陆集》、汪潮生本作"仍"。

⑦怎空教：《词律拾遗》卷八注："词本七十六字,后起'怎空教'下脱'花解语'三字句。"《词律》卷一一杜文澜按："《词律拾遗》云:后半起句'怎空教'下有'花解语'三字。与下三字相偶,语气亦足。宜从。"教,知不足斋本作"交"。宜男:萱草的别名。相传孕妇佩了萱草的花,就能生男孩,故名。《太平御览》卷九九六引《本草经》："萱一名忘忧,一名宜男,一名歧女。"《齐民要术》引周处《风土记》："宜男,草也。高六尺,花如莲,怀妊人带佩,必生男。"

⑧柔桑暗：桑叶柔嫩而浓密。

⑨曲房：内室,密室。枚乘《七发》："往来游宴,纵恣于曲房隐间之中。"岑参《敦煌太守后庭歌》诗："城头月出星满天,曲房置酒张锦筵。"碎月筛帘:穿过帘子的月光。王建《唐昌观玉蕊花》诗："女冠夜觅香来处,惟见阶前碎月明。"

临江仙

自古伤心惟远别,登山临水迟留①。暮尘衰草一番秋。寻常景物,到此尽成愁。　况与佳人分凤侣,盈盈粉泪难收。高城深处是青楼。红尘远道,明日忍回头。

【注释】

①登山临水：宋玉《九辩》："憭慄兮若在远行,登山临水兮送将归。"

江城子

镂牙歌板齿如犀①。串珠齐②。画桥西。杂花池院,风幕卷金泥③。酒入四肢波入鬓，娇不尽，翠眉低④。

【注释】

①镂牙歌板：以象牙镂成的拍板，歌唱时控制节拍用。详见《醉桃源》（双花连袂近香狨）注②。齿如犀：比喻齿如葫芦籽，洁白而排列整齐。《诗经·卫风·硕人》："齿如瓠犀。"

②串珠：比喻歌声宛转就像成串的珍珠一样。白居易《寄明州于驸马使君三绝句》诗："何郎小妓歌喉好，严老呼为一串珠。"自注："严尚书《与于驸马》诗云：'莫惜歌喉一串珠。'"

③金泥：用以饰物的金屑。周邦彦《风流子》词："泪花销凤蜡，风幕卷金泥。"

④"翠眉低"下：知不足斋本注："疑佚下阕。"

燕归梁

去岁中秋玩桂轮①。河汉净无云，今年江上共瑶尊②。都不是、去年人。　　水晶宫殿③，琉璃台阁，红翠两行分④。点唇机动秀眉颦⑤。清影外、见微尘⑥。

【注释】

①玩桂轮：指中秋赏月。桂轮，月之别称。相传月中有桂树，古人称月亮为桂月、桂轮、桂宫、桂魄等。方干《月》诗："桂轮秋半出东方，巢鹊惊飞夜未央。"

②瑶尊：亦作"瑶罇"，玉制的酒杯。亦用作酒杯的美称。王禹偁《茶园十二韵》诗："汲泉鸣玉甃，开宴压瑶罇。"

③水晶宫殿：指湖州。吴曾《能改斋漫录·地理·蓬莱何似水晶宫》："杨汉公守湖州，赋诗云：'溪上玉楼楼上月，清光合作水晶宫。'其后遂以湖

州为水晶宫，古今皆因之。"欧阳修《送胡学士知湖州》诗："吴兴水晶宫，楼阁在寒鉴。"程大昌《水调歌头》序："水晶宫之名，天下知下，而此邦图志，元不能主名其所。某尝思之，苕、霅水清可鉴，邑屋之影入焉，而甍栋丹垩，悉能透现本象，有如水玉。故善为言者，得以衷撮其美而曰：此其宫盖水晶为之，如骚人之谓宝阙珠宫，正其类也。"

④红翠：以着装的红色和绿色指代歌妓。两行：分两对进行歌舞。

⑤机动：《十名家词》本、《历代诗余》卷二三、《安陆集》作"微破"。

⑥微尘：崔珏《和人听歌》："《巫山》唱罢行云过，犹自微尘舞画梁。"《十名家词》本、《历代诗余》卷二三、《安陆集》作"歌尘"。

又

夜月啼乌促乱弦[①]。江树远无烟。缺多圆少奈何天[②]。愁只恐、下关山。　　粉香生润，衣珠弄彩，人月两婵娟[③]。留连残夜惜余欢[④]。人月在、又明年。

【注释】

①"夜月"句：化用《乌夜啼》曲意。《乌夜啼》，羽调，相传为南朝宋临川王刘义庆所作。郭茂倩《乐府诗集·吴声歌曲》载：南朝宋临川王刘义庆被废，其"伎妾夜闻乌夜啼，扣斋阁云：'明日应有赦。'其年更为南兖刺史。"因作《乌夜啼》曲。夜月，《百家词》本、《十名家词》本作"夜夜"。

②奈何天：令人无可奈何的时光，表示百无聊赖的思绪。晏几道《鹧鸪天》词："欢尽夜，别经年，别多欢少奈何天。"

③婵娟：姿态美好的样子。刘长卿《湘妃》诗："婵娟湘江月，千载空蛾眉。"

④残夜：夜将尽未尽的时候。杜甫《月》诗："四更山吐月，残夜水明楼。"

酒泉子

亭下花飞。月照妆楼春欲晓。珠帘风，兰烛烬，怨空闺。

苕苕何处寄相思。玉箸零零肠断①。屏帏深，更漏永，梦魂迷。

【题解】

《酒泉子》五首，又见冯延巳《阳春集》。此首又别入杜安世《寿域词》。《全宋词》、曾昭岷校订的《温韦冯词新校》断为冯延巳作。《温韦冯词新校》云："此五首诸家选本无作张先词者，《张子野词》显系误收。"施蛰存先生对曾昭岷这个观点有不同看法，详见他在《词学》第七辑曾昭岷《冯延巳词考辨》后的附记。此处，这五首词从知不足斋本作张先词。

【注释】

①玉箸：指思妇的眼泪。刘孝威《独不见》诗："谁怜双玉箸，流面复流襟。"

又

人散更深，堂上孤灯阶下月。早梅愁，残雪白，夜沉沉。

阑前偷唱《系琼簪》①。前事总堪惆怅。寒风生，罗衣薄②，万般心。

【注释】

①系琼簪：曲调名。

②罗衣：指轻软丝织品制成的衣服。边让《章华赋》："罗衣飘飘，组绮

129

缤纷。"曹植《美女篇》诗:"罗衣何飘飘,轻裾随风还。"

又

　　春色融融。飞燕未来莺未语。露桃寒①,风柳晓,玉楼空。　　天长烟远恨重重。消息燕鸿归去。枕前灯,窗外雨,闭帘栊。

【注释】

①露桃:语本郭茂倩《乐府诗集·相和曲下·鸡鸣》:"桃生露井上,李树生桃傍。"后因以"露桃"称桃树、桃花。杜牧《隋宫春》诗:"亡国亡家为颜色,露桃犹自恨春风。"

又

　　亭柳霜凋。一夜愁人窗下睡,绣帏风,兰烛焰,梦遥遥。　　金笼鹦鹉怨长宵。笼畔玉筝弦断。陇头云①,桃源路②,两魂消。

【注释】

①陇头云:比喻远行者如陇头之云,行踪飘忽不定。陇头,陇山。在陕西陇县西北,为关中西面之险塞,故又借指边塞。陆凯《赠范晔诗》:"折花逢驿使,寄与陇头人。"

②桃源路:通往美人住处的路。典出刘义庆《幽明录》:剡县刘晨、阮肇共入天台山采药,于溪边遇二女子,被邀至其家。家中群女各持三五桃子,笑而曰:"贺汝婿来。"遂留半年而归。此指词中女子。

又

芳草长川。柳映危桥堤下路。归鸿飞,行人去,碧山连。
风微烟淡雨萧然。隔岸马嘶何处。九回肠^①,双脸泪,夕
阳天。

【注释】

①九回肠:指忧思之甚而肠为之回转,形容回环往复的忧思。典出司
马迁《报任安书》:"是以肠一日而九回,居则忽忽若有所亡,出则不知所如
往。每念斯耻,汗未尝不发背沾衣也。"梁简文帝《应令》诗:"望邦畿兮千里
旷,悲遥夜兮九回肠。"

定西番

年少登瀛词客^①,飘逸气,拂晴霓^②。尽带江南春色、过长
淮^③。　　一曲艳歌留别,翠蝉摇宝钗^④。此后吴姬难见^⑤,且
徘徊。

【注释】

①登瀛词客:指新进士。登瀛,登上瀛洲,犹成仙。后以登瀛洲为登
科,比喻士人得到荣宠,如登仙界。李肇《翰林志》:"唐兴,太宗始于秦王府
开文学馆,擢房玄龄、杜如晦一十八人,皆以本官兼学士,给五品珍膳,分为
三番更直宿于阁下,讨论坟典,时人谓之'登瀛洲'。"
②拂晴霓:指逸气冲天。
③过长淮:指由江南沿运河渡淮北上。长淮,淮水。

④翠蝉:蝉鬓。崔豹《古今注》载:魏文帝宫人莫琼树始制蝉鬓,缥缈如蝉。罗邺《冬日寄献庾员外》诗:"争欢酒蚁浮金爵,从听歌尘扑翠蝉。"

⑤吴姬:吴地女子的泛称。王勃《采莲曲》:"莲浦夜相逢,吴姬越女何丰茸。"姬,《百家词》本、《十名家词》本作"娃"。

河传

花暮。春去。都门东路①。嘶马将行。江南江北,十里五里邮亭②。几程程③。　　高城望远看回睇。烟细④。晚碧空无际⑤。今夜何处⑥,冷落衾帏。欲眠时。

【题解】

《花草粹编》卷五调作《月照梨花》,注:"一作《怨王孙》。"《十名家词》本、《历代诗余》卷二五、《安陆集》调作《怨王孙》。

【注释】

①都门东路:据孟元老《东京梦华录·东都城外》记载:东城一边,凡有四门,即东水门、新宋门、新曹门、东北水门。东水门为汴河下流水门,其门跨河,两岸各有门通人行路。自都门经汴入淮而至江南,都从东水门出城。

②邮亭:古时设在沿途供送文书的人和差役官员歇宿的馆舍。庾信《哀江南赋》:"十里五里,长亭短亭。"《白孔六帖·驿馆》:"十里一长亭,五里一短亭。"

③程程:旅途停顿处。

④"高城"二句:化用欧阳詹《初发太原途中寄太原所思》诗意,其云:"高城已不见,况复城中人。"《花草粹编》卷五、《历代诗余》卷二五、《安陆集》此句作"高城渐远重凝睇烟容细"。

⑤晚:《花草粹编》卷五无"晚"字。

⑥"今夜"前:《花草粹编》卷五、《百家词》本、《十名家词》本、《历代诗

余》卷二五、《安陆集》有"不知"二字。

偷声木兰花

　　雪笼琼苑梅花瘦。外院重扉联宝兽①。海月新生②。上得高楼无奈情③。　　　帘波不动凝釭小④。今夜夜长争得晓⑤。欲梦高唐⑥。只恐觉来添断肠⑦。

【题解】
《历代诗余》卷二二调作《上行杯》,注:"即《偷声木兰花》也。"

【注释】
①宝兽:同金猊,香炉的一种。详见《醉桃源》(双花连袂近香猊)注①。
②海月新生:语出张九龄《望月怀远》诗:"海上生明月,天涯共此时。情人怨遥远,竟夕起相思。"
③无:《花草粹编》卷四、《百家词》本、《十名家词》本、《历代诗余》卷二二、《词律》卷七、《安陆集》、汪潮生本作"没"。
④凝釭(gāng):银白色的灯盏、烛台。萧绎《草名》诗:"金钱买含笑,银釭影梳头。"凝,《花草粹编》卷四、《十名家词》本、《历代诗余》卷二二、《词律》卷七、《安陆集》、汪潮生本作"银"。
⑤争:怎么,如何。
⑥高唐:详见《惜双双》(城上层楼天边路)注①。《词律》卷七作"荒唐",误。
⑦只恐觉来:《历代诗余》卷二二作"恐觉来时"。

又

　　画桥浅映横塘路①。流水滔滔春共去。目送残晖②。燕子双高蝶对飞。　　风花将尽持杯送。往事只成清夜梦。莫更登楼。坐想行思已是愁。

【注释】

①横塘：内河之塘堤。唐宋诗词中咏写的横塘，大致有三义：一指建业（今南京）南淮水（今秦淮河）南岸修筑之古堤。崔颢《长干行》诗："君家何处住？妾住在横塘。"二指江苏吴县西南之古堤。贺铸《青玉案》词："凌波不过横塘路，但目送、芳尘去。"三泛指水塘。温庭筠《池塘七夕》诗："万家砧杵三篙水，一夕横塘似旧游。"张先《倾杯·吴兴》词中"横塘水静，花窥影、孤城转"所咏为吴县横塘，此词"画桥浅映横塘路"，可能与《倾杯》所咏之"横塘"相同。

②残晖：《花草粹编》卷四、《历代诗余》卷二二作"斜晖"。

千秋岁

数声鶗鴂①。又报芳菲歇。惜春更把残红折②。雨轻风色暴，梅子青时节。永丰柳③，无人尽日飞花雪④。　　莫把幺弦拨⑤。怨极弦能说。天不老，情难绝。心似双丝网，中有千千结。夜过也，东窗未白凝残月⑥。

【题解】

此首又见欧阳修《近体乐府》卷三，罗泌校曰："《兰畹》作张子野词。"《兰畹曲集》为北宋元祐间孔夷所辑，年代与张先较近，其作张先词可能有所根据，较为可信。

【注释】

①数：《乐府雅词》卷上、《十名家词》作"几"。鶗鴂（tíjué）：即子规、杜鹃。《离骚》："恐鶗鴂之先鸣兮，使夫百草为之不芳。"

②"惜春"下：知不足斋本另有"去"字。

③永丰柳：典故。唐时洛阳永丰坊西南角荒园中有垂柳一株被冷落，白居易赋《杨柳枝》"永丰西角荒园里，尽日无人属阿谁"以喻家妓小蛮。后传入乐府，因以"永丰柳"泛指园柳。

④飞花：《乐府雅词》卷上作"花飞"。

⑤幺弦：琵琶之第四弦，各弦中最细，故称。刘禹锡《澈上人文集序》："世之言诗僧，多出江左。……如幺弦孤韵，瞥入人耳，非大乐之音。"

⑥凝残月：《乐府雅词》卷上、《百家词》本、《十名家词》本作"孤灯灭"。

天仙子

观舞

十岁手如芽子笋①。固爱弄妆偷傅粉②。金蕉并为舞时空③，红脸嫩。轻衣褪④。春重日浓花觉困。　　斜雁轧弦随步趁⑤。小凤累珠光绕鬓⑥。密教持履恐仙飞⑦，催拍紧⑧。惊鸿奔⑨。风袂飘飖无定准。

【题解】

此词以下三十五首原编鲍本《补遗》上。

【注释】

①手如芽子笋：形容女性纤柔修长的指尖，如刚生出的鲜嫩笋芽一样。韩偓《咏手》诗："暖白肤红玉笋芽，调琴抽线露尖斜。"

②固：《历代诗余》卷四五作"因"。傅粉：搽粉。《颜氏家训·勉学》："熏衣剃面，傅粉施朱。"

③金蕉：酒杯名。冯贽《云仙杂记·酒器九品》："李适之有酒器九品：蓬莱盏、海川螺、舞仙盏、瓠子卮、慢卷荷、金蕉叶、玉蟾儿、醉刘伶、东溟样。"

④裋：宽缓，宽松。秦观《点绛唇》词："美人愁闷，不管罗衣裋。"

⑤斜雁轧弦：指筝。筝柱斜列如雁行，故云。李商隐《昨日》诗："二八月轮蟾影破，十三弦柱雁行斜。"趁：趁拍，合着音乐节拍。

⑥小凤累珠：指凤钗。马缟《中华古今注》："钗子，盖古笄之遗像也。……始皇又(以)金银作凤头，以玳瑁为脚，号曰凤钗。"

⑦"密教"句：典故。《后汉书·方术传·王乔》："乔有神术，每月朔望，常自县诣台朝。帝怪其来数，而不见车骑，密令太史伺望之。言其临至，辄有双凫从东南飞来。于是候凫至，举罗张之，但得一只舄焉。乃诏尚方诊视，则四年中所赐尚书官属履也。"姚月华《制履赠杨达》诗："金刀剪紫绒，与郎作轻履。愿化双仙凫，飞来入闺里。"

⑧催拍紧：指舞拍趋急。黄庚《夜宴》诗："艳曲喜听催拍近，狂歌自觉入腔难。"

⑨惊鸿奔：形容女性轻盈如雁之身姿。曹植《洛神赋》："翩若惊鸿，宛若游龙。"此喻舞态。

南乡子

送客过余溪，听天隐二玉鼓胡琴

相并细腰身，时样宫妆一样新①。曲项胡琴鱼尾拨②，离人。《入塞》弦声水上闻③。　　天碧染衣巾④。血色轻罗碎摺裙⑤。百卉已随霜女妒⑥，东君⑦。暗折双花借小春⑧。

【题解】

余溪为湖州雪溪四水之一。天隐指天隐楼，吴兴沈沔所建。二玉指二琵琶女，二人名字中皆有玉字。胡琴此处指琵琶。

【注释】

①时样：指时式，入时的式样。朱庆馀《近试上张水部》诗："妆罢低声

问夫婿,画眉深浅入时无?"

②曲项胡琴:即曲项琵琶。段安节《乐府杂录·琵琶》:"始自乌孙公主造,马上弹之。有直项者、曲项者。曲项,盖使于急关也。"鱼尾拨:用来弹拨琵琶的拨片。形状如鱼尾,故云。

③入塞:曲调名,古乐府横吹曲,内容多写军人从边塞返归的情景。汉武帝时,李延年因胡曲造新声二十八解,内有《出塞》、《入塞》曲。见《晋书·乐志下》。葛洪《西京杂记》卷一:"戚夫人善歌《出塞》、《入塞》、《望归》之曲。"

④天碧染:典故。《宋史·李煜世家》:"煜之妓妾尝染碧纱,经夕未收,会露下,其色愈鲜明,煜爱之。自是宫中竞收露水,染碧以衣之,谓之'天水碧'。"

⑤血色:暗赤或鲜红的颜色。白居易《琵琶行》诗:"钿头银篦击节碎,血色罗裙翻酒污。"

⑥霜女:即青女,神话中主霜雪之神。《淮南子·天文训》:"至秋三月,地气不藏,及收其杀,百虫蛰伏,静居闭户。青女乃出,以降霜雪。"高诱注:"青女,天神,青霄玉女,主霜雪也。"后用以指秋寒降霜。此谓百卉霜后衰谢。

⑦东君:司春之神。王初《立春后作》诗:"东君珂佩响珊珊,青驭多时下九关。方信玉霄千万里,春风犹未到人间。"

⑧双花:喻指弹琵琶之二女,即题中所云"二玉"。小春:十月也称小阳春。因其温暖如春,故云。欧阳修《渔家傲》词:"十月小春梅蕊绽,红炉画阁新装遍。"

定风波令

碧玉篦扶坠髻云。莺黄衫子退红裙①。妆样巧将花草竞。相并。要教人意胜于春。　　酒眼茸茸香拂面②。口见③。丹青宁似镜中真。自是有情偏小小④。向道。江东谁信更无人。

【题解】

《历代诗余》卷四一调无"令"字。

【注释】

①莺：《历代诗余》卷四一作"杏"。退红：淡红，粉红。王建《题所赁宅牡丹花》诗："粉光深紫腻，肉色退红娇。"陆游《老学庵续笔记》卷一："唐有一种色，谓之退红……盖退红，若今之粉红，而鞦器亦有作此色者，今无之矣。"

②茸茸：本义为又短又软又密的草，此指睫毛浓密柔细。

③口见：《百家词》本作"口再"，《历代诗余》卷四一作"乍见"。

④小小：幼小。李白《宫中行乐词》："小小生金屋，盈盈在紫薇。"

木兰花

人意共怜花月满。花好月圆人又散。欢情去逐远云空，往事过时幽梦断①。 草树争春红影乱。一唱鸡声千万怨②。任教迟日更添长③，能得几时抬眼看。

【题解】

《历代诗余》卷三一调作《玉楼春》。

【注释】

①"欢情"二句：化用宋玉《高唐赋》意。详见《惜双双》（城上层楼天边路）注①。

②"一唱"句：王仁裕《开元天宝遗事·鸡声断爱》："长安名妓刘国容，有姿色，能吟诗，与进士郭昭述相爱，他人莫敢窥也。后昭述释褐，授天长簿，遂与国容相别。诘旦赴任，行至咸阳，国容使以一女仆驰矮驹赍短书

云：'欢寝方浓,恨鸡声之断爱；恩怜未洽,叹马足以无情。使我劳心,因君减食。再期后会,以结齐眉。'长安子弟多诵讽焉。"

③迟日:语出《诗经·豳风·七月》:"春日迟迟。"意指日行舒缓,春日长。故后以"迟日"指春日。皇甫冉《送钱唐骆少府赴制举》:"迟日未能销野雪,晴花偏自犯江寒。"

又

送张中行

插花劝酒盐桥馆①。召节促行龙阙远②。吴船渐起晚潮生③,蛮榼未空寒日短④。　　庆门奕世隆宸睠⑤。归到月陂梅已绽⑥。有情愿寄向南枝⑦,图得洛阳春色看⑧。

【题解】

张中行,洛阳人,曾为田曹、成德军通判,屯田员外郎。词中所提"盐桥"在杭州,北面有御舟亭。宋时自杭州舟行入京,都是在此启程。此词作于杭州,送张中行北归洛阳。

【注释】

①插花:何逊《照水联句》诗:"插花行理鬓,迁延去复归。"

②召节:召人回朝之节符。龙阙:此指宫阙,代指朝廷。岑参《送韦侍御先归京》:"闻欲朝龙阙,应须拂豸冠。"

③起:《历代诗余》卷三一作"近"。

④蛮榼(kē):南方制的盛酒器。白居易《夜招晦叔》:"高调秦筝一两弄,小花蛮榼二三升。"王安石《寄张先郎中》诗:"胡床月下知谁对,蛮榼花前想自随。"

⑤庆门:吉庆之家。梅尧臣《师厚生日因以诗赠》:"君子生庆门,诗书未尝舍。"奕世:世世代代。奕,一代接一代。宸睠:帝王的恩宠。湛贲《日

139

五色赋》："宸睠屡回，圣心方契。恒盱食以为庐，岂浮云之能蔽。"

⑥月陂：水泊名，在河南洛阳。隋唐时洛水自上阳宫南弥漫东流，宇文恺因筑斜堤束水令向东北流，为减杀水力，作堰九折。水泊形如偃月，故称。王建《宫词》："忽地金舆向月陂，内人接著便相随。"

⑦南枝：朝南的树枝。梁简文帝《双燕》："衔花落北户，逐蝶上南枝。"李白《山鹧鸪词》："苦竹岭头秋月辉，苦竹南枝鹧鸪飞。"

⑧洛阳春色：欧阳修《洛阳牡丹记》："牡丹……出洛阳者，今为天下第一。"又云："洛阳之俗，大抵好花。春时城中无贵贱皆插花，虽负担者亦然。花卉开时，士庶竞为游遨。"

倾杯

吴兴

横塘水静①，花窥影、孤城转②。浮玉无尘③，五亭争景④，画桥对起，垂虹不断⑤。爱溪上琼楼⑥，凭雕阑、久口飞云远⑦。人在虚空，月生溟海，寒渔夜泛，游鳞可辨。　　正是草长蘋老，江南地暖。汀洲日晚。更茶山、已过清明⑧，风雨暴千岩，啼鸟怨。芳菲故苑。深红尽，绿叶阴浓，青子枝头满⑨。使君莫放寻春缓。

【题解】
《历代诗余》卷八五、《安陆集》调作《倾杯乐》。
【注释】
①横塘：详见《偷声木兰花》（画桥浅映横塘路）注①。水静：《安陆集》作"静水"。
②孤城：指湖州城，因郡城四面多水，故云。《嘉泰吴兴志·河渎》："府以湖名，近五湖也，中有雪溪合四水也，众水群凑而太湖虚受坎流而不盈，

习险而无泛滥,此郡所以立也。"

③浮玉:山名,天目山古称。地处浙江西北部临安境内,浙皖交界处。

④五亭:唐代杨汉公在白蘋洲建造的山光亭、白蘋亭、集芳亭、朝霞亭、碧波亭。白居易《白蘋洲五亭记》:"湖州城东南二百步,抵霅溪,连汀洲。洲一名白蘋。梁吴兴守柳恽于此赋诗云:'汀洲采白蘋。'因以为名也。前不知几十万年,后又数百年,有名无亭,鞠为荒泽。至大历十一年,颜鲁公真卿为刺史,始剪榛导流,作八角亭以游息焉。旋属灾潦荐至,沼湮台圮。后又数十载,委无隙地。至开成三年,弘农杨君为刺史,乃疏四渠,浚二池,树三围,构五亭,卉木荷竹,舟桥廊室,洎游宴息宿之具,靡不备焉。观其架大溪,跨长汀者,谓之白蘋亭。介二园,阅百卉者,谓之集芳亭。面广池,目列岫者,谓之山光亭。玩晨曦者,谓之朝霞亭。狎清涟者,谓之碧波亭。五亭间开,万象迭入,向背俯仰,胜无遁形。每至风春,溪月秋,花繁鸟啼之旦,莲开水香之夕,宾友集,歌吹作,舟棹徐动,觞咏半酣,飘然恍然,游者相顾,咸曰:此不知方外也,人间也,又不知蓬、瀛、昆、阆,复何如哉?"

⑤"画桥"二句:指湖州三桥:骆驼桥、甘棠桥、仪凤桥。《永乐大典·湖州府志》:"骆驼桥,在子城东,唐初建,以其形穹崇若骆驼背也。"又云:"跨余不水有甘棠桥,跨苕水有仪凤桥,而骆驼则跨合流之霅水也。是谓三巨桥,东有运河自迎春门至骆驼桥,南与霅水合。"

⑥琼楼:指明月楼。杨汉公《明月楼》诗:"吴兴城阙水云中,画舫青帘处处通。溪上玉楼楼上月,清光合作水晶宫。"

⑦"凭雕阑"句:《词谱》卷三二作"凭阑坐久飞云远"。□,《安陆集》作"久"。

⑧茶山:指顾渚山,亦称顾山,为名茶产地。杜牧《题茶山》:"山实东吴秀,茶称瑞草魁。"

⑨"深红"三句:暗用杜牧在太和末游湖时约纳娶鸦女,后因逾期,女从他人生三子的典故,故后词句曰"使君莫放寻春缓"。详见《少年游》(碎霞浮动晓朦胧)注⑦。

又

碧澜堂席上有感

飞云过尽,明河浅、天无畔。草色栖萤,霜华清暑①,轻飔弄袂②,澄澜拍岸。宴玉麈谈宾③,倚琼枝、秀挹雕觞满④。午夜中秋,十分圆月,香槽拨凤⑤,朱弦轧雁⑥。　　正是欲醒还醉,临空怅远。壶更叠换。对东西、数里回塘⑦,恨零落芙蓉、春不管。笼灯待散。谁知道、座有离人,目断双歌伴。烟江艇子归来晚⑧。

【题解】

《嘉泰吴兴志·宫室》:"碧澜堂在子城南一百步雪溪之西岸,唐大中四年刺史杜牧建。中和五年刺史孙储记云:'牧去后,郡人望所建碧澜堂,若视甘棠。'本朝漕使陈尧佐、张逸俱有诗及他篇咏,刻石墨妙亭。"杜牧《八月十二日得替后移居雪溪馆因题长句四韵》诗:"万家相庆喜秋成,处处楼台歌板声。千岁鹤归犹有恨,一年人住岂无情。夜凉溪馆留僧话,风定苏潭看月生。景物登临闲始见,愿为闲客此闲行。"陈尧佐《湖州碧澜堂》诗:"苕溪清浅雪溪斜,碧玉光寒照万家。谁向月明终夜听,洞庭渔笛隔芦花。"苏轼《赠孙莘老》之二:"天目山前绿浸裙,碧澜堂上看衔舻。作堤捍水非吾事,闲送苕溪入太湖。"

【注释】

①清:《词谱》卷三二作"侵"。

②轻飔(sī):微风,轻柔的凉风。朱熹《秋暑》诗:"疏树含轻飔,时禽啭幽语。"

③玉麈(zhǔ):即玉柄麈尾。麈,古书上指鹿一类的动物,其尾可做拂尘。刘义庆《世说新语·容止》:"王夷甫容貌整丽,妙于谈玄,恒捉白玉柄

麈尾，与手都无分别。"赵翼《廿二史札记》："六朝人清谈必用麈尾，盖初以谈玄用之，相习成俗，遂为名流雅器，虽不谈亦常执持耳。"

④秀：《词律拾遗》卷五作"香"。雕觞：雕刻、彩绘的酒杯。杨炯《〈登秘书省阁诗〉序》："列芳馔，命雕觞。"

⑤香槽拨凤：意谓琵琶的凤尾槽。苏轼《宋叔达家听琵琶》诗："数弦已品龙香拨，半面犹遮凤尾槽。"

⑥朱弦轧雁：指筝，详见《天仙子》(十岁手如芽子笋)注⑤。

⑦回塘：曲折的堤岸。张衡《南都赋》："分背回塘。"李善注："《广雅》曰：塘，堤也。"

⑧"烟江"句：语出郭茂倩《乐府诗集·西曲歌中·莫愁乐》："艇子打两桨，催送莫愁来。"

忆秦娥

参差竹①。吹断相思曲。情不足。西北有楼穷远目②。忆苕溪、寒影透清玉③。秋雁南飞速④。菰草绿⑤。应下溪头沙上宿。

【题解】
吴瑞荣《唐诗笺要》后集卷八误作张仲素词。

【注释】
①参差竹：笙的别称。因笙的各苗管的长度参差不齐，又似凤凰的翅膀，故称。沈约《咏笙》诗："彼美实枯枝，孤筱定参差。"陈旸《乐书·俗部》："昔王子晋之笙，其制象凤翼，亦名参差竹。"

②"西北"句：语出《古诗十九首》其五："西北有高楼，上与浮云齐。交疏结绮窗，阿阁三重阶。上有弦歌声，音响一何悲。"有，《词律》卷四、《词谱》卷五作"高"。

③苕溪：详见《泛清苕》(绿净无痕)注①。

④秋雁南飞：雁于每年秋分后飞往南方，次年春分后北返。江淹《莲花赋》："秋雁度兮芳草残，琴柱急兮江上寒。"

⑤菰(gū)草：范成大《吴郡志》："菰即菱也。菰首，吴谓之菱白。甘美可羹。"

系裙腰

　　惜霜蟾照夜云天①。朦胧影、画勾阑②。人情纵似长情月，算一年年。又能得、几番圆。　　欲寄西江题叶字③，流不到、五亭前④。东池始有荷新绿，尚小如钱。问何日藕、几时莲⑤。

【注释】

①惜：《花草粹编》卷七、《历代诗余》卷四一、《词谱》卷一作"清"；《词律》卷九、《安陆集》、汪潮生本作"浓"；《安陆集》、汪潮生本注云："《草堂诗余》及《词综》皆作'惜'，今从《吴兴艺文补》改。"蟾：月之代称。传说中月中有蟾蜍，所以称月为蟾。《词综》卷五、《词律》卷九、《安陆集》作"淡"。

②勾阑：亦作"勾栏"、"钩栏"。宋元时戏曲在城市中的主要表演场所，相当于现在的戏院。

③"欲寄"句：用红叶题诗故事。庞元英《谈薮》："唐小说记红叶事凡四。其一，《本事诗》：顾况在洛，乘闲与一二诗友游苑中，流水上得大梧叶，题诗云：'一入深宫里，年年不见春。聊题一片叶，寄与有情人。'况明日于上流亦题云：'愁见莺啼柳絮飞，上阳宫女断肠时。君恩不禁东流水，叶上题诗寄与谁？'后十余日，有客来苑中，又于叶上得诗以与况，曰：'一叶题诗出禁城，谁人酬和独含情？自嗟不及波中叶，荡漾乘春取次行。'又明皇代，以杨妃、虢国宠盛，宫娥皆衰悴，不愿备掖庭，尝书落叶随御沟水流出，云：

'旧宠悲秋扇,新恩寄早春。聊题一片叶,将寄接流人。'顾况闻而和之。既达圣听,遣出禁内人不少,或有五使之号,况所和即前四句也。其二,《云溪友议》:卢渥舍人应举之岁,偶临御沟,见红叶上诗云:'流水何太急,深宫尽日闲。殷勤谢红叶,好去到人间。'其三,《北梦琐言》:进士李茵尝游苑中,见红叶自御沟出,上有题诗曰:'流水何太急,深宫尽日闲。殷勤谢红叶,好去到人间。'其四,《玉溪编事》:侯继图秋日于大慈寺倚栏楼上,忽木叶飘坠,上有诗曰:"拭翠敛愁蛾,为郁心中事。搦笔下庭除,书作相思字。此字不书石,此字不书纸。书向秋叶上,愿逐秋风起。天下有心人,尽解相思死。'余意前三则本一事,而传记者各异耳。刘斧《青琐》有《御沟流红叶记》,最为鄙妄,盖窃取前说,而易其名为于祐云。"

④五亭:详见《倾杯》(横塘水静)注④。

⑤"问何日"句:意谓何时能团圆。藕,谐音"偶"。莲,谐音"怜"。郭茂倩《乐府诗集·吴声歌曲·子夜歌》:"寝食不相忘,同坐复俱起。玉藕金芙蓉,无称我莲子。"

【汇评】

明·卓人月:("问何日"二句)影射"偶"字、"联"字,极巧。"问"字衬。(《古今词统》卷九)

清·先著、程洪:以"怜偶"字隐语入词,亦清便可人。(《词洁辑评》卷二)

清平乐

青袍如草①。得意还年少。马跃绿螭金络脑②。寒食乍临新晓。　　曲池斜度弯桥③。西园一片笙箫④。自欲剩留春住⑤,风花无奈飘飘⑥。

【注释】

①青袍如草:详见《感皇恩》(延寿芸香七世孙)注④。

②绿螭(chī)：绿螭骢，古代骏马名。葛洪《西京杂记》："文帝自代还，有良马九匹，皆天下之骏马也。一名浮云……一名绿螭骢。"金络脑：金子做的辔头，用以装饰马首。汉乐府《陌上桑》："青丝系马尾，黄金络马头。"

③鸾桥：桥的美称。韩偓《寒食日重游李氏园亭有怀》诗："往年同在鸾桥上，见倚朱阑咏柳绵。"

④西园：指宴游处。详见《天仙子》(醉笑相逢能几度)注④。

⑤剩：多。

⑥花：《历代诗余》卷一三作"光"。

菩萨蛮

　　佳人学得平阳曲①。纤纤玉笋横孤竹②。一弄入云声。海门江月清③。　　髻摇金钿落④。惜恐樱唇薄。听罢已依依。莫吹《杨柳枝》⑤。

【注释】

①平阳曲：指笛曲。后汉马融性好音，能鼓琴吹笛，为官郿县，独卧平阳坞中闻笛声而感悲切。后遂以"平阳曲"代指笛曲。孟浩然《崔明府宅夜观妓》诗："长袖平阳曲，新声《子夜歌》。"

②纤纤玉笋：比喻女子手指纤细白嫩。韩偓《咏手》诗："暖白肤红玉笋芽，调琴抽线露尖斜。"张祜《听筝》诗："十指纤纤玉笋红，雁行轻遏翠弦中。"孤竹：横笛。因用孤竹制成，故名。庾信《变宫调》诗："孤竹调阳管，空桑节雅弦。"

③"一弄"二句：白居易《琵琶行》诗："曲终收拨当心画，四弦一声如裂帛。东船西舫悄无言，唯见江心秋月白。"一弄，一曲。海门，在杭州。《咸淳临安志·山川》："海门，在仁和县东北六十五里，有山曰赭山，与龛山对势，潮水出其间。郭璞《地记》所谓'海门一点巽山小'，又'海门笔架峰峦起'，指此也。"

146

④金钿:金花钿,嵌有金花的妇女首饰。丘迟《敬酬柳仆射征怨》诗:"耳中解明月,头上落金钿。"

⑤杨柳枝:曲调名。详见《武陵春》(每见韶娘梳鬓好)注⑤。

又

藕丝衫剪猩红窄①。衫轻不碍琼肤白②。缦鬓小横波③。花楼东是家。　　上湖闲荡桨。粉艳芙蓉样。湖水亦多情。照妆天底清④。

【注释】

①藕丝衫:白色的衫。衫,唐宋时期女性日常穿用的长袖上衣,式样为窄袖短身。唐宋诗词中,但凡提及日常女装,上衣多称作衫子、衫。元稹《白衣裳》诗:"藕丝衫子柳花裙,空着沉香慢火熏。"猩红:代指红色裙子。

②琼肤:比喻女子的肌肤白而且美。

③缦鬓:散鬓。缦,散漫。横波:比喻眼睛明亮澄澈。傅毅《舞赋》:"目流涕而横波。"李白《长相思》诗:"昔时横波目,今成流泪泉。"

④天底清:指水底清,天色映于湖水,清澈见底。

又

牛星织女年年别①,分明不及人间物。匹鸟少孤飞②。断沙犹并栖。　　洗车昏雨过③。缺月云中坠。斜汉晓依依④。暗蛩还促机⑤。

【题解】

《花草粹编》卷三、《百家词》本、《十名家词》本、知不足斋本调下有题为

147

"七夕"。

【注释】

①牛星织女：即牛郎织女，二星名。冯应京《月令广义·七月令》引南朝梁殷芸《小说》："天河之东有织女，天帝之子也。年年机杼劳役，织成云锦天衣，容貌不暇整。帝怜其独处，许嫁河西牵牛郎，嫁后遂废织纴。天帝怒，责令归河东，但使一年一度相会。"后常用此典以咏夫妻暌隔，或借以表达男女相思、相爱之情。

②匹鸟：指鸳鸯。鸳指雄鸟，鸯指雌鸟。因为人们见到的鸳鸯都是出双入对的，所以被看成是爱情的象征。崔豹《古今注》卷中："鸳鸯，水鸟，凫类也，雌雄未尝相离，人得其一，则一思而至死，故曰匹鸟。"

③洗车昏雨：指洗车雨。旧称七夕前后下的雨。一说专指农历七月初六日下的雨。陈元靓《岁时广记·洒泪雨》："《岁时杂记》七月六日有雨，谓之洗车雨，七日雨则云洒泪雨。张子野七夕词曰：'洗车昏雨过，缺月云中堕。'仲殊词云：'疏雨洗云辂，望极银河影里。'杜牧之有《七夕戏作》云：'云阶月地一相过，未抵经年别恨多。最恨明朝洗车雨，不教回脚渡天河。'张天觉歌云：'空将泪作雨滂沱，泪痕有尽愁无竭。'詹克爱词云：'空将别泪，洒作人间雨。'黄山谷词云：'暂时别泪，作人间晓雨。'"

④斜汉：指秋天向西南方向偏斜的银河。谢朓《离夜》诗："玉绳隐高树，斜汉耿层台。"窦常《七夕》诗："斜汉没时人不寐。"

⑤暗蛩（qióng）：指夜鸣的蟋蟀。温庭筠《秋日旅舍寄义山李侍御》诗："寒蛩乍响催机杼，旅雁初来忆弟兄。"陆玑《毛诗草木鸟兽虫鱼疏》卷下："蟋蟀，似蝗而小，正黑，有光泽如漆，有角翅，一名蛩。……幽州人谓之'趣织'，督促之言也，里语曰'趣织鸣，懒妇惊'是也。"

又

双针竞引双丝缕①。家家尽道迎牛女②。不见渡河时。

空闻鸟鹊飞③。　　西南低片月。应恐云梳发④。寄语问星津⑤。谁为得巧人⑥。

庆春泽

　　飞阁危桥相倚。人独立东风,满衣轻絮①。还记忆江南,如今天气。正白蘋花②,绕堤流水。　　寒梅落尽谁寄③。方春意无穷,青空千里。愁草树依依,关城初闭。对月黄昏,角声傍烟起。

【注释】

　　①絮:《词律》卷一〇:"'絮'字非韵,乃三影借叶也。"《词谱》卷一四:"'絮'在六御韵,属角音。通首所用,乃四纸韵,属徵音,本不相通,《词律》注:'借叶。'无据。或曰吴越间方言'絮'读'枲',转入八霁,便可与四纸通。"杜文澜云:"'絮'读作'枲',转入八霁,便可与四纸通。然终是出韵,不可为法。"宋翔凤《乐府余论》:"张子野《庆春泽》'飞阁危桥相倚。人独立东风,满衣轻絮',以'絮'字叶'倚',用方音也。后姜尧章《齐天乐》以'此'字叶'絮'字,亦此例。"

　　②白蘋花:湖州有白蘋洲,因白蘋花而名。详见《倾杯》(横塘水静)注④。

　　③"寒梅"句:用陆凯《赠范晔》诗典故,诗云:"折梅逢驿使,寄与陇头人。江南无所有,聊赠一枝春。"

【汇评】

　　清·陈廷焯:无人整妆亦常事耳,却写得如许情态,如许哀怨,情词凄凉。(《云韶集》卷二)

又

与善歌者

艳色不须妆样。风韵好天真，画毫难上。花影滟金尊，酒泉生浪①。镇欲留春②，傍花为春唱。　　银塘玉宇空旷。冰齿映轻唇③。《蕊红》新放④。声宛转，疑随烟香悠飏。对暮林静，寥寥振清响⑤。

【注释】

①酒泉生浪：酒面波纹。薛能《泛箛池》诗："净看筹见影，轻动酒生纹。"

②镇：常，永久。褚亮《咏花烛》诗："莫言春稍晚，自有镇开花。"

③冰齿：比喻牙齿洁白晶莹。

④蕊红：同《红蕊》，曲调名。

⑤"对暮林"二句：意谓歌声嘹亮悦耳。典出《列子·汤问》："薛谭学讴于秦青，未穷青之技，自谓尽之。遂归去，秦青弗止，饯于郊衢，抚节悲歌，声振林木，响遏行云。薛谭乃谢，求反，终身不敢言归。"

玉树后庭花

上元

华灯火树红相斗①。往来如昼。桥河水白天青，讶别生星斗②。　　《落梅》秾李还依旧③。宝钗沽酒④。晓蟾残漏心情⑤，恨雕鞍归后。

【题解】

《词谱》卷五调作《后庭花》。上元即元宵。《宋史·礼志》："三元观灯，本起于方外之说。自唐以后，常于正月望夜开坊市门然（燃）灯。宋因之，上元前后各一日，城中张灯。"

【注释】

①"华灯"句：张灯结彩或大放焰火的灿烂夜景。傅玄《朝会赋》："华灯若乎火树，炽百枝之煌煌。"苏味道《正月十五夜》诗："火树银花合，星桥铁锁开。"

②"讶别"句：意谓上元张灯，多似星斗。孟元老《东京梦华录》卷六："各以竹竿出灯球于半空，远近高低，若飞星然。"

③"落梅"句：苏味道《正月十五夜》诗："游妓皆秾李，行歌尽《落梅》。"陈元靓《岁时广记·三夜灯》引郭利正诗："更闻清管发，处处《落梅花》。"

④宝钗沽酒：语出张泌《酒泉子》词："咸阳沽酒宝钗空，笑指未央归去。"

⑤晓蟾：已近晓月。残漏：将尽的漏壶滴水声，指天将明。古时以漏壶滴水计时，故云。戎昱《桂州腊夜》诗："晓角分残漏，孤灯落碎花。"

又

宝床香重春眠觉。鮀窗难晓①。新声丽色千人，歌《后庭》清妙②。 　　青骢一骑来飞鸟③。靓妆难好。至今落日寒蟾④，照台城秋草⑤。

【注释】

①鮀（shěn）窗：以鱼脑骨所饰之窗。

②后庭：即《后庭花》，《玉树后庭花》的简称，乐府吴声歌曲名。王灼《碧鸡漫志》卷五："《南史》云：'陈后主每引宾客对张贵妃等游宴，使诸贵人

及女学士与狎客共赋新诗相赠答,采其尤丽者为曲调。其曲名有《玉树后庭花》。《通典》云:'《玉树后庭花》、《堂堂黄鹂留》、《金钗两臂垂》,并陈后主造,恒与宫女、学士及朝臣相唱和为诗。太乐令何胥采其尤轻艳者为此曲。'"因陈后主为南朝亡国之君,昏庸喜玩乐,因此《玉树后庭花》也被称为亡国之音。杜牧《泊秦淮》诗:"商女不知亡国恨,隔江犹唱后庭花。"

③青骢:毛色青白相杂的骏马。《古诗为焦仲卿妻作》:"踯躅青骢马,流苏金镂鞍。"杜甫《高都护骢马行》诗:"安西都护胡青骢,声价欻然向东来。"

④寒蟾:指月亮。古代传说月中有蟾,故以蟾称月。李贺《梦天》诗:"老兔寒蟾泣天色,云楼半开壁斜白。"

⑤台城:洪迈《容斋续笔》卷五:"晋、宋间,谓朝廷禁省为台,故称禁城为台城。"

卜算子

梦短寒夜长,坐待清霜晓。临镜无人为整妆,但自学、孤鸾照①。　　楼台红树杪。风月依前好。江水东流郎在西②,问尺素、何由到③。

【注释】

①孤鸾照:用镜里孤鸾之典。详见《碧牡丹》(步帐摇红绮)注⑤。

②"江水"句:意谓音信终不可达。

③尺素:书信。古代用绢帛书写,长约一尺,故称。古乐府《饮马长城窟行》:"客从远方来,遗我双鲤鱼。呼儿烹鲤鱼,中有尺素书。长跪读素书,书中竟何如。上言加餐食,下言长相忆。"

【汇评】

清·陈廷焯:饶有古意。(《大雅集》卷二)

清·陈廷焯:张子野词,最见古致。如云"江水东流郎在西,问尺素、

何由到?"情词凄怨,犹存古诗遗意。后之为词者,更不究心于此。(《白雨斋词话》卷六)

双韵子

鸣鞘电过晓阗静①。敛龙旗风定②。凤楼远出霏烟③,闻笑语、中天迥。　　清光近④。欢声竞、鸳鸯集⑤、仙花斗影。更闻度曲瑶山⑥,升瑞日,春宫永。

【题解】

《词谱》卷七注:"此调仅见此词,无别首可校。"

【注释】

①"鸣鞘"句:意谓皇帝仪仗振鞘发声,使人肃静。鸣鞘,同"鸣鞭",皇帝仪仗中的一种,鞭形,挥动发出响声,使人肃静。故又称静鞭。高承《事物纪原·鸣鞭》:"唐及五代有之,周官条狼氏执鞭趋辟之遗法也。然则鸣鞭虽始于唐,亦本周事也。"电过:谢灵运《电赞》:"倏烁惊电过,可见不可逐。"

②龙旗:天子之旗。龙旗始于周代,宋代已达十二种之多,如黄龙旗、青龙旗等。《礼记·乐记》记:"龙旗九旒,天子之旌也。"

③凤楼:指宫内的楼阁。鲍照《代陈思王京洛篇》诗:"凤楼十二重,四户八绮窗。"

④清光:清美的风采。多用来比喻帝王的容颜。《汉书·晁错传》载对策云:"今执事之臣皆天下之选已,然莫能望陛下清光,譬之犹五帝之佐也。"此喻宋帝。

⑤竞:原作"竟",今从《词谱》卷七改。鸳鸯:《词谱》卷七作"鸳鹭"。

⑥度曲瑶山:比喻宫中乐曲。详见《醉落魄》(山围画障)注⑥。

鹊桥仙

星桥火树[①]，长安一夜[②]，开遍红莲万蕊[③]。绮罗能借月中春[④]。风露细、天清似水。　　重城闭月，青楼夸乐，人在银潢影里[⑤]。画屏期约近收灯[⑥]，归步急、双鸳欲起[⑦]。

【注释】

①星桥火树：节日的夜晚灯火辉煌的景色。语出苏味道《正月十五夜》诗："火树银花合，星桥铁锁开。"

②长安：汉唐帝都，此指汴京。

③红莲：莲花灯。因灯形似莲花，故名。陈元靓《岁时广记·竹㮚灯》引《岁时杂记》云："上元灯㮚之制，以竹一本，其上破之为二十条，或十六条，每二条以麻合系其稍，而弯曲其中，以纸糊之，则成莲花一叶；每二叶相压，则成莲花盛开之状。"

④月中春：《历代诗余》卷二九、《十名家词》本、知不足斋本"月"作"日"；知不足斋本注："钞本'月'与后段'重城闭月'相犯，今从刻本。细案词意，似宜作'月'。"

⑤银潢：天河，银河。苏轼《和文与可洋川园池·天汉台》："漾水东流旧见经，银潢左界上通灵。"

⑥收灯：传统节日习俗。详见《怨春风》（无由且住）注②。

⑦双鸳：代指女子的鞋。因鞋上绣双鸳鸯，故云。

定西番

秀眼谩生千媚[①]，钗玉重，髻云低。寂寂挹妆羞泪，怨分携。　　鸳帐愿从今夜,梦长连晓鸡②。小逐画船风月③,渡江西。

【注释】

①谩:通"漫"。《百家词》本、知不足斋本、《彊村丛书》本、《湖州词征》本作"缦"。

②"梦长"句:语出孟浩然《寒夜张明府宅宴》诗:"醉来方欲卧,不觉晓鸡鸣。"

③小:《百家词》本、《十名家词》本作"水"。

又

执胡琴者九人

焊拨紫槽金衬①,双秀萼②,两回鸾③,齐学汉宫妆样④,竞婵娟。　　三十六弦蝉闹⑤,小弦蜂作团⑥。听尽《昭君》幽怨⑦,莫重弹。

【题解】

《词律拾遗》卷一此首误作温庭筠词。胡琴,指琵琶。

【注释】

①焊拨:弹奏琵琶用的拨子。紫槽:即紫檀槽,用檀木制成的琵琶、琴等弦乐器上架弦的槽格。李贺《感春》诗:"胡琴今日恨,急语向檀槽。"王琦汇解:"唐人所谓胡琴,应是五弦琵琶耳。檀槽,谓以紫檀木为琵琶槽。"焊拨紫槽:《词谱》卷二作"捍拨紫檀"。

②双秀萼:比喻双眉。庾信《镜赋》:"无复唇朱,才余眉萼。"

③两回鸾:比喻双鬟。李贺《美人梳头歌》诗:"双鸾开镜秋水光,解鬟临镜立象床。"

④汉宫妆:韩偓《梅花》诗:"燕钗初试汉宫妆。"指梅花妆。详见《雨中花令》(近鬓彩钿云雁细)注①。

⑤三十六弦:琵琶凡四弦,题云"执胡琴者九人",所以共为三十六弦。蝉闹:形容琵琶的乐声。张泌《碧户》诗:"莫教琴上意,翻作鹤声哀。"

⑥小弦:弹拨乐器的细弦。《后汉书·陈宠传》:"夫为政犹张琴瑟,大弦急则小弦绝。"刘禹锡《曹刚》诗:"大弦嘈嘈小弦清,喷雪含风意思生。"蜂作团:形容弹拨琵琶小弦的乐声。韦庄《听赵秀才弹琴》诗:"蜂簇野花吟细韵,蝉移高柳迸残声。"

⑦昭君:即《昭君怨》,曲调名。《琴曲谱录》:"中古琴弄名有《昭君怨》,明妃制。"又《琴操》:齐国王襄,以其女昭君,献之元帝,帝不之幸。后欲以一女赐单于,昭君请行。及至,单于大悦。昭君恨帝始不见遇,乃作怨思之歌。

少年游慢

春城三二月。禁柳飘绵未歇①。仙籁生香②,轻云凝紫,临层阙。歌掌明珠滑。酒脸红霞发。华省名高③,少年得意时节④。　　画刻三题彻⑤。梯汉同登蟾窟⑥。玉殿初宣⑦,银袍齐脱,生仙骨。花探都门晓,马跃芳衢阔。宴罢东风,鞭梢一行飞雪。

【题解】

《词谱》卷二一注:"调见张先集,因词有'少年得意时节'句,取以为名,与《少年游令》不同。"又云:"此调仅见此词,别首宋词可校。"

【注释】

①禁柳:宫中或禁苑中的柳树。李存勖《歌头》:"灵和殿,禁柳千行,斜金丝络。"张炎《渡江云》词:"新烟禁柳,想如今绿到西湖。"

②仙籞(yù)：皇帝游幸郊外，用以阻隔行人往来的竹篱。此指禁苑。王维《三月三日曲江侍宴应制》诗："仙籞龙媒下，神皋凤跸留。"

③华省名高：意谓名列榜首者，将为朝廷贵官。华省，高贵显要者的官署。潘岳《秋兴赋》："宵耿介而不寐兮，独展转于华省。"白行简《贡院楼北新栽小松》："华省春霜曙，楼阴植小松。"

④"少年"句：孟郊《登科后》诗："春风得意马蹄疾，一日看遍长安花。"此指探花郎。详见《少年游》(帽檐风细马蹄尘)注①。

⑤画刻：古时计时器漏壶，底穿一孔，壶中立箭，上刻度数；壶中水以漏渐减，箭上所刻，亦渐次显露，即可知时。三题：宋时礼部贡举，凡进士试诗、赋、论各一首，称为三题。每试皆按时交卷。

⑥"梯汉"句：登上霄汉，指科举登第。

⑦玉殿初宣：指礼部发榜唱名。《宋史·选举志一》："知贡举宋白等定贡院故事：先期三日进士具都榜引试。……及试中格，录进士之文奏御，诸科惟籍名而上。俟制下，先书姓名散报之。翌日，放榜唱名，既谢恩，诣国学谒先圣先师，进士过堂阁下告名，闻喜宴分为两日，宴进士。"

剪牡丹

舟中闻双琵琶

野绿连空，天青垂水，素色溶漾都净①。柔柳摇摇，坠轻絮无影②。汀洲日落人归③，修巾薄袂，撷香拾翠相竞。如解凌波④，泊烟渚春暝⑤。　　彩绦朱索新整⑥，宿绣屏、画船风定⑦。金凤响双槽⑧，弹出今古幽思谁省。玉盘大小乱珠迸⑨。酒上妆面，花艳媚相并。重听。尽汉妃一曲⑩，江空月静⑪。

【题解】

《词谱》卷二九注："《宋史·乐志》：'女弟子舞队，第四曰佳人剪牡丹队。'调名本此。"

【注释】

①溶漾:水波荡漾。杜牧《汉江》诗:"溶溶漾漾白鸥飞,绿净春深好染衣。"

②"柔柳"二句:知不足斋本、《彊村丛书》本注:"一作'柳径无人坠飞絮无影'。"

③"汀洲"句:柳恽《江南曲》:"汀洲采白蘋,日落江南春。"汀,《词律》卷一六作"江"。

④"撷香"二句:借用曹植《洛神赋》诗意,其云:"或采明珠,或拾翠羽。……体迅飞凫,飘忽若神,凌波微步,罗袜生尘。"

⑤烟渚:《词综》卷五、《词律》卷一六作"渚烟"。

⑥彩绦朱索:指彩色丝带。

⑦绣屏:夏敬观《映庵词评》:"必指山言。"

⑧金凤:代指琵琶。详见《醉垂鞭》(朱粉不须施)注③。双槽:意谓两把琵琶同时弹奏。这里切题"舟中闻双琵琶"。

⑨"玉盘"句:语出白居易《琵琶行》诗:"大珠小珠落玉盘。"乱珠,形容琵琶之声如乱珠落于玉盘。

⑩"尽汉妃"句:用王昭君远嫁匈奴,马上弹琵琶故事。石崇《王明君辞序》载:"昔公主嫁乌孙,令琵琶马上作乐,以慰其道路之思;其送明君,亦必尔也。"一曲,兼指以昭君出塞故事谱写的琴曲《昭君怨》。

⑪江空月静:语出白居易《琵琶行》诗:"东船西舫悄无言,唯见江心秋月白。"

【汇评】

清·万树:愚尝细玩此词,通篇俱有讹错。如"宿绣屏"、"花艳媚"等,及"弹出"句,必非全语。《古今诗话》云:"有客谓子野曰:人皆谓公张三中。公曰:何不云三影?"盖生平警句"云破月来花弄影"、"娇柔懒起,帘压卷花影"、"柳径无人,堕飞絮无影"也。"飞絮无影"句,正是此篇,则上句宜作"柳径无人",今作"柔柳摇摇",定系讹错矣。推此则通篇讹错何疑。可惜如此好词,而千古传讹也。(《词律》卷一六)

清·王初桐:子野词"云破月来花弄影"、"帘压卷花影"、"堕风絮无影",世称"张三影"。王介甫谓"云破月来花弄影"不如李冠"朦胧淡月云来去"也。(《小嬭嬛词话》卷一)

清·许昂霄:前阕说舟中,后阕说琵琶,末句即香山所谓"唯见江心秋月白"也。(《词综偶评》)

清·陈廷焯:子野善押"影"字韵,特地精神。(《大雅集》卷一)

清·厉鹗:张柳词名枉并驱,格高韵胜属西吴。可人风絮堕无影,低唱浅斟能道无。(《论词绝句》,《樊榭山房集》卷七)

画堂春

外湖莲子长参差①。雾山青处鸥飞。水天溶漾画桡迟②。人影鉴中移③。　　桃叶浅声双唱④,杏红深色轻衣。小荷障面避斜晖。分得翠阴归。

【注释】

①湖:《历代诗余》卷一九、知不足斋本、《彊村丛书》本作"潮"。朱祖谋校云:"按'潮'疑'湖'误。"今从改。

②桡:《历代诗余》卷一九作"船"。

③"人影"句:李贺《月漉漉篇》:"乘船镜中入。"

④桃叶:古清商曲名。释智匠《古今乐录》:"《桃叶歌》者,晋王子敬之所作也。桃叶,子敬妾名,缘于笃爱,所以歌之。"

芳草渡

主人宴客玉楼西。风飘雪、忽雾霏①。唐昌花蕊渐平枝^②。浮光里，寒声聚，队禽栖。　　　惊晓日，喜春迟。野桥时伴梅飞。山明日远雾云披。溪上月，堂下水，并春晖。

【注释】

①"风飘雪"句：《花草粹编》卷五、《历代诗余》卷五、《词谱》卷一一、《十名家词》本作"风飘忽雪雾霏。"

②唐昌花蕊：典故。《太平广记·女仙十四·玉蕊院女仙》："长安安业唐昌观，旧有玉蕊花。其花每发，若琼林瑶树。唐元和中，春物方盛，车马寻玩者相继。忽一日，有女子年可十七八，衣绿绣衣，垂双鬟，无簪珥之饰，容色婉娩，迥出于众。从以二女冠、三小仆，皆草髻黄衫，端丽无比。既而下马，以白角扇障面，直造花所，异香芬馥，闻于数十步外。观者疑出自宫掖，莫敢逼而视之。伫立良久，令女仆取花数枝而出。将乘马，顾谓黄衫者曰：'曩有玉峰之期，自此行矣。'时观者如堵，咸觉烟飞鹤唳，景物辉焕。举辔百余步，有轻风拥尘，随之而去。须臾尘灭，望之已在半空，方悟神仙之游。余香不散者经月余。时严休复、元稹、刘禹锡、白居易俱作玉蕊院真人降诗。严休复诗曰：'终日斋心祷玉宸，魂销眼冷未逢真。不如一树琼瑶蕊，笑对藏花洞里人。'又曰：'香车潜下玉龟山，尘世何由睹舜颜。惟有无情枝上雪，好风吹缀绿玉鬟。'元稹诗云：'弄玉潜过玉树时，不教青鸟出花枝。的应未有诸人觉，只是严郎自得知。'刘禹锡诗云：'玉女来看玉树花，异香先引七香车。攀枝弄雪时回首，惊怪人间日易斜。'又曰：'雪蕊琼葩满院春，羽林轻步不生尘。君王帘下徒相问，长伴吹箫别有人。'白居易诗云：'嬴女偷乘凤下时，洞中暂歇弄琼枝。不缘啼鸟春饶舌，青琐仙郎可得知。'"

御街行

夭非花艳轻非雾。来夜半、天明去。来如春梦不多时，去似朝云何处^①。远鸡栖燕^②，落星沉月^③，纭纭城头鼓^④。

参差渐辨西池树。珠阁斜开户⑤。绿苔深径少人行,苔上屐痕无数⑥。余香遗粉,剩衾闲枕⑦,天把多情付⑧。

【题解】
此首又见欧阳修《近体乐府》卷三。

【注释】

①"夭非花艳"四句:化用白居易《花非花》诗:"花非花,雾非雾,夜半来,天明去。来如春梦几多时,去似朝云无觅处。"夭,同"妖",艳丽。

②远:《花草粹编》卷八、《词谱》卷一八作"乳"。

③落星沉月:《花草粹编》卷八作"落月沉星"。

④纨纨(dǎn):击鼓声。欧阳修《御街行》词:"乳鸡酒燕,落星沉月,纨纨城头鼓。"

⑤珠阁:《花草粹编》卷八作"朱阁"。

⑥"苔上"句:姚合《咏盆池》诗:"浮萍重叠水团圆,客绕千遭屐齿痕。"

⑦"余香"二句:语出李白《长相思》诗:"床中绣被卷不寝,至今三载闻余香。"余香遗粉,《词谱》卷一八作"遗香余粉",《花草粹编》卷八作"残香遗粉"。剩衾闲枕,《花草粹编》卷八作"闲衾剩枕"。

⑧付:《词谱》卷一八作"赋"。

【汇评】

　　明·杨慎:白乐天之词,《望江南》三首在乐府,《长相思》二首见《花庵词选》。予独爱其"花非花"一首云:"花非花,雾非雾。夜半来,天明去。来如春梦不多时,去似朝云无觅处。"盖其自度之曲,因情生文者也。花非花,雾非雾。虽《高唐》、《洛神》,奇丽不及也。张子野衍之为《御街行》,亦有出蓝之色。(《词品》卷一)

　　清·贺裳:乐天:"丘墟北门外,寒食谁家哭?风吹旷野纸钱飞,古墓累累春草绿。棠梨花映白杨树,尽是死生离别处。冥漠重泉哭不闻,潇潇暮雨人归去。"东坡易以"乌飞鹊噪昏乔木,清明寒食谁家哭",此如美人梳掠已竟,增插一钗,究其美处岂系此?至张子野衍其"花非花"为小词,则掖庭

之流入北里也。(《载酒园诗话》)

长相思

潮沟在金陵上元之西

粉艳明。秋水盈①。柳样纤柔花样轻②。笑前双靥生。
寒江平。江橹鸣。谁道潮沟非远行。回头千里情。

【题解】

潮沟,在今江苏南京市西。三国时,孙权建都建业后,下令引后湖(玄武湖)水开凿潮沟,并与运渎、青溪、秦淮河和玄武湖相连,构成当时南京的河道体系。

【注释】

①秋水:眼眸清澈如水。李贺《唐儿歌》诗:"骨重神寒天庙器,一双瞳人剪秋水。"

②柳样纤柔:比喻女子纤柔的腰身。温庭筠《南歌子》词:"转盼如波眼,娉婷似柳腰。"

浣溪沙

楼倚春江百尺高①,烟中还未见归桡②。几时期信如江潮③。　　花片片飞风弄蝶④,柳阴阴下水平桥。日长才过又今宵⑤。

【题解】

此词又见欧阳修《醉翁琴趣外篇》卷五。

【注释】

①春江:张若虚《春江花月夜》诗:"滟滟随波千万里,何处春江无月明。"《历代诗余》卷六、《安陆集》作"江边"。

②烟中还未:《历代诗余》卷六、《安陆集》作"暮烟收处"。归桡:归舟。桡,即划船的桨,古诗词中常代指船。戴叔伦《戏留顾十一明府》诗:"未可动归桡,前程风浪急。"

③期信:约定的时间。顾敻《荷叶杯》词:"一去又乖期信,春尽。满院长莓苔,手挼裙带独徘徊。"江潮:潮水涨落有时,故称信潮或潮信。

④蝶:《历代诗余》卷六、《安陆集》作"叶"。

⑤才过:《历代诗余》卷六、《安陆集》作"人去"。今:《历代诗余》卷六作"经"。

【汇评】

明·沈际飞:"今宵"应"暮烟"句,曰"日长",又味愈深。(《草堂诗余》正集卷一)

明·李廷机:张三影洞彻闺怨,方能摹写如此。(《新刻注释草堂诗余评林》卷二)

清·陈廷焯:造语别致。(《别调集》卷一)

醉桃源

仙郎何日是来期①。无心云胜伊②。行云犹解傍山飞③。郎行去不归。　　强匀画④,又芳菲。春深轻薄衣。桃花无语伴相思⑤。阴阴月上时。

【题解】
此词又见欧阳修《近体乐府》卷一,调作《阮郎归》。
【注释】
①仙郎:借称俊美的青年男子。多用于爱情关系。

②伊：第三人称他。此指仙郎。

③行云：用巫山神女之典。详见《惜双双》(城上层楼天边路)注①。

④匀：《花草粹编》卷三作"自"。

⑤桃花无语：语本《史记·李将军传赞》所引谚语："桃李不言，下自成蹊。"

行香子

　　舞雪歌云。闲淡妆匀。蓝溪水、深染轻裙①。酒香醺脸，粉色生春。更巧谈话，美性情，好精神。　　江空无畔②，凌波何处③。月桥边、青柳朱门。断钟残角，又送黄昏。奈心中事，眼中泪，意中人。

【题解】

此词又见欧阳修《近体乐府》卷三。《唐宋诸贤绝妙词选》卷五调下有题为"美人"。

【注释】

①蓝溪：在陕西蓝田东南，上有蓝桥，相传为唐裴航遇仙女云英处。详见《碧牡丹》(步帐摇红绮)注⑦。

②江空无畔：《唐宋诸贤绝妙词选》卷五作"空江无伴"。

③凌波：比喻美人步履轻盈，如乘碧波而行。语出曹植《洛神赋》："凌波微步。"此与上片"蓝溪水"句同指"舞雪歌云"之女，美如仙子。

【汇评】

宋·佚名：有客谓子野曰：人皆谓公'张三中'，即'心中事、眼中泪、意中人'也。(《古今诗话》，胡仔《苕溪渔隐丛话》前集卷三七引)

清·沈雄：世以张子野《行香子》三句，为足挂齿颊，谓之"张三中"，即"心中事、眼中泪、意中人"也。(《柳塘词话》)

惜琼花

　　汀蘋白①，苕水碧②。每逢花驻乐，随处欢席。别时携手看春色。萤火而今③，飞破秋夕。　　汴河流④，如带窄。任轻舟似叶⑤，何计归得⑥。断云孤鹜青山极⑦，楼上徘徊，无尽相忆⑧。

【题解】

《词谱》卷一三："调见张先词集，为吴兴守所赋也。"案此在汴思乡之词，并非作于吴兴。

【注释】

①汀：指白蘋洲，在吴兴，因白蘋花而名。详见《倾杯》(横塘水静)注④。

②苕水：即苕溪。详见《泛清苕》(绿净无痕)注①。

③萤火：即萤火虫。崔豹《古今注》中："萤火，一名耀夜，一名景天，一名熠耀，一名丹良，一名磷，一名丹鸟，一名夜光，一名宵烛。腐草为之，食蚊蚋。"杜牧《七夕》诗："红烛秋光冷画屏，轻罗小扇扑流萤。"

④汴河流：《花草粹编》卷六、《词综》卷五、《词律》卷八、《历代诗余》卷三七、汪潮生本作"河流"。汴，原作"旱"，《词谱》卷一三作"汴"。

⑤任轻舟似叶：《花草粹编》卷六无"舟"字。轻舟，《词综》卷五、《词谱》卷一三、知不足斋本、《彊村丛书》本作"身轻"。似，《历代诗余》卷三七作"如"。

⑥何：《花草粹编》卷六无"何"字。

⑦"断云"句：王勃《滕王阁序》："落霞与孤鹜齐飞，秋水共长天一色。"

⑧尽：《历代诗余》卷三七作"限"。

【汇评】

清·陈廷焯：春去秋来。"而今"二字，含无数别感。结得孤远。(《别

庆同天

海宇,称庆。复生元圣①。风入南薰②,拜恩遥阙,衣上晓色犹春。望尧云③。 游钧广乐人疑梦④。仙声共。日转旗光动。无疆帝算⑤,何独待祝华封⑥。与天同。

【题解】

《词谱》卷一一调作《河传》,注:"张先词有'海宇称庆'、'与天同'句,更名为《庆同天》"。知不足斋本注:"即《怨王孙》,又名《河传》。"此词贺仁宗赵祯寿诞。赵祯在位时间为 1023 年至 1063 年,其生日为四月十四日乾元节。

【注释】

①复:《历代诗余》卷二三、《词律拾遗》卷二作"诞"。元圣:大圣人。《尚书·汤诰》:"聿求元圣,与之戮力。"白居易《叙德书情十四韵上宣歙崔中丞》诗云:"元圣生乘运,忠贞出应期。"此处指仁宗赵祯。

②南薰:指《南风》歌,相传为虞舜所作。《史记·乐书》:"以歌《南风》。"裴骃集解引王肃语曰:"《南风》,育养民之诗也。其词曰:'南风之薰兮,可以解吾民之愠兮。'"

③尧云:典出《庄子·天地》:"封人(对尧)曰:'千岁厌世,去而上仙;乘彼白云,至于帝乡。'"骆宾王《上司列太常伯启》:"从龙润础,需甘泽于尧云。"

④广乐:盛大之乐,多指仙乐。详见《感皇恩》(廊庙当时共代工)注⑥。

⑤无疆帝算:意谓万寿无疆。帝,《历代诗余》卷二三、《词谱》卷一一作"圣"。算,齿算,即寿命。颜延之《赭白马赋》:"齿算延长,声价隆振。"

⑥祝华封:即华封三祝,华封人对上古贤者唐尧的三个美好祝愿,即:

167

祝寿、祝富、祝多男子，合称三祝。《庄子·天地》："尧观乎华，华封人曰：'嘻，圣人！请祝圣人。使圣人寿。'尧曰：'辞。''使圣人富。'尧曰：'辞。''使圣人多男子。'尧曰：'辞。'封人曰：'寿、富、多男子，人之所欲也。女独不欲，何邪?'尧曰：'多男子则多惧，富则多事，寿则多辱。是三者，非所以养德也，故辞。'"

江城子

小圆珠串静慵拈。夜厌厌。下重帘。曲屏斜烛，心事入眉尖。金字半开香穗小①。愁不寐、恨西蟾②。

【注释】

①金字：即金字经，指以金粉书写之佛典。元稹《清都夜境》诗："闲开蕊珠殿，暗阅金字经。"钱起《猷川雪后送僧粲临还京时避世卧疾》诗："斋到盂空餐雪麦，经传金字坐雪松。"香穗：焚香的烟凝聚未散之状。苏舜钦《和彦猷晚宴明月楼》之二："香穗萦斜凝画栋，酒鳞环合起金罍。"

②西蟾：西边之月，比喻天色将晚。

青门引

乍暖还轻冷。风雨晚来方定。庭轩寂寞近清明①，残花中酒②，又是去年病。　　楼头画角风吹醒③。入夜重门静。那堪更被明月，隔墙送过秋千影。

【题解】

此词以下七首原编鲍本《补遗》下。《词谱》卷九注："调见《乐府雅词》

及《天机余锦》词,张先本集不载。"《词律拾遗》卷七注:"此调与《梁州令》全同。"《唐宋诸贤绝妙词选》卷五、《草堂诗余》前集卷上、汪潮生本调下题为"怀旧"。知不足斋本题作"春思"。

【注释】

①轩:《草堂诗余》前集卷上作"前"。

②残花中酒:意谓悼惜花残春暮,饮酒过量。韦庄《晏起》诗:"迩来中酒起常迟,卧看南山改旧诗。"

③楼头:指城上的戍楼。画角:军用的号角。因表面有彩绘,故称。

【汇评】

明·王世贞:张子野《青门引》、万俟雅言《江城梅花引》、《青玉案》,句字皆佳。(《艺苑卮言》)

明·李廷机:张三影胸次超脱,启口自是不凡。(《新刻注释草堂诗余评林》卷三)

明·沈际飞:怀则自触,触则愈怀,未有触之至此极者。(《草堂诗余》正集卷一)

清·先著、程洪:《青门引》(乍暖还轻冷)子野雅淡处,便疑是后来姜尧章出蓝之助。(《词洁辑评》卷一)

清·黄苏:沈际飞曰:"怀则愈触,触则愈怀,未有触之至此极者。"按落寞情怀,写来幽隽无匹。不得志于时者,往往借闺情以写其幽思。角声而曰"风吹醒","醒"字极尖刻。至末句"那堪"、"送影",真是描神之笔,极希窅渺之致。(《蓼园词选》)

清·许宝善:《古今诗话》:"有客谓子野曰:'人皆谓公张三中,即心中事、眼中泪、意中人也。'公曰:'何不曰为张三影?"云破月来花弄影"、"娇柔懒起,帘压卷花影"、"柳径无人,堕飞絮无影",此余生平所得意也。'"似此则加上"隔墙送过秋千影",应目为"张四影"矣。(《自怡轩词选》卷一)

清·陈廷焯:韵流弦外,神泣个中。耆卿而后,声调渐变,子野犹多古意。(《大雅集》卷二)

俞陛云:残春病酒,已觉堪伤,况情怀依旧,愁与年增,乃加倍写法。结句之意,一见深夜寂寥之景,一见别院欣戚之殊。梦窗因秋千而忆凝香纤手,此

169

则因隔院秋千而触绪有怀,别有人在,乃侧面写法。(《唐五代两宋词选释》)

　　唐圭璋:此首与《天仙子》同为子野韵胜之作。首叙所处之境,已极悲凉。时节则近清明,所居则寂寞庭轩,气候则风雨交加、冷暖不定。人处此境,情何以堪,故于对花饮酒之际,又不禁勾起去年伤春之病。谓"风雨晚来方定",可见沉阴不开,竟日凄迷;谓"又是去年病",可见羁恨难消,频年如此。换头两句,写夜境亦幽寂,忽为角声吹醒,自不免百端交集,感从中来。"那堪"两句,兼写情景。明月送影,真是神来之笔。而他人欢乐之情,一经对照,更觉愁不可抑。(《唐宋词简释》)

满江红

　　飘尽寒梅,笑粉蝶、游蜂未觉①。渐逦迤、水明山秀②,暖生帘幕。过雨小桃红未透,舞烟新柳青犹弱。记画桥、深处水边亭,曾偷约③。　　　　多少恨,今犹昨。愁和闷,都忘却。拚从前烂醉,被花迷著。晴鸽试铃风力软④,雏莺弄舌春寒薄。但只恐、锦绣闹妆时⑤,东风恶。

【题解】
《唐宋诸贤绝妙词选》卷五、《安陆集》、知不足斋本调下题为"初春"。

【注释】
①"笑粉蝶"句:语出杜甫《敝庐遣兴奉寄严公》诗:"风轻粉蝶喜,花暖蜜蜂喧。"林逋《山园小梅》之一:"霜禽欲下先偷眼,粉蝶如知合断魂。"
②逦迤:曲折连绵的样子。
③偷约:暗中相约。
④铃:知不足斋本注:"一作'羽'。"
⑤闹:《唐宋诸贤绝妙词选》卷五、《花草粹编》卷九、《历代诗余》卷五五、《安陆集》作"斗"。

汉宫春

蜡梅

红粉苔墙①。透新春消息,梅粉先芳。奇葩异卉,汉家宫额涂黄②。何人斗巧,运紫檀、剪出蜂房③。应为是、中央正色④,东君别与清香⑤。　　仙姿自称霓裳⑥。更孤标俊格,霈雪凌霜⑦。黄昏院落,为谁密解罗囊。银瓶注水,浸数枝、小阁幽窗。春睡起,纤条在手,厌厌宿酒残妆⑧。

【题解】

此词据《梅苑》卷一补录。《历代诗余》卷六一注:"一名《庆千秋》。"蜡梅,范成大《梅谱》云:"蜡梅,本非梅类,以其与梅同时,香又相近,色酷似蜜脾,故名蜡梅。"

【注释】

①苔墙:长有苔藓的墙。郑谷《宗人作尉唐昌官署幽胜而又博学精富得以言谈将欲他之留书屋壁》诗:"公堂潇洒有林泉,只隔苔墙是渚田。"

②"汉家"句:指梅花妆。详见《雨中花令》(近鬓彩钿云雁细)注①。

③"运紫檀"句:写蜡梅花蕊微张,露出花房。苏轼《蜡梅一首赠赵景贶》诗:"君不见万松岭上黄千叶,玉蕊檀心两奇绝。"剪出蜂房,黄庭坚《蜡梅》诗"天工戏剪百花房",任渊注:"剪花房,谓其作蜡。乐天诗:'点缀花房小树头。'"

④中央正色:指黄色。古人有五行观念,即所谓金、木、水、火、土五种物质相生相克,由此推动宇宙万物不断生衍变化。五行说又派生出诸如

171

"五声"、"五常"、"五服"之观念，"五色"亦由此生发而来。五色与五行相配，即金为白，木为青，水为黑，火为赤，土为黄。其中以土最为尊贵，故列于中央显要之所。蜡梅之色黄，故云。王诜《花心动·蜡梅》词："气韵楚江，颜色中央。"

⑤东君：传说中的司春之神。王初《立春后作》诗："东君珂佩响珊珊，青驭多时下九关。方信玉霄千万里，春风犹未到人间。"

⑥霓裳：比喻蜡梅花瓣。蜡梅花色如蜡黄，晶莹润泽，故云。

⑦霏：知不足斋本、《彊村丛书》本作"非"，今从《历代诗余》卷六一、《词谱》卷二〇改。

⑧厌厌：详见《八宝装》（锦屏罗幌初睡起）注②。宿酒：指宿醉。白居易《早春即事》诗："眼重朝眠足，头轻宿酒醒。"

生查子

含羞整翠鬟①，得意频相顾。雁柱十三弦②，一一春莺语③。　　娇云容易飞，梦断知何处④。深院锁黄昏，阵阵芭蕉雨。

【题解】
此词又见欧阳修《近体乐府》卷一。《草堂诗余》、知不足斋本调下题为"咏筝"，《花草粹编》卷一、《词综》卷五、《安陆集》题作"弹筝"。

【注释】
①含羞整翠鬟：《花草粹编》卷一作"含愁整翠钿"。鬟，妇女梳的环形发髻。

②"雁柱"句：指筝。详见《天仙子》（十岁手如芽子笋）注⑤。

③春莺语：比喻筝的乐声。韦庄《菩萨蛮》词："琵琶金翠羽，弦上黄莺语。"

④"娇云"二句:化用宋玉《高唐赋》意。详见《惜双双》(城上层楼天边路)注①。

【汇评】

明·杨慎:"蕉雨"最不可听。(《草堂诗余》卷一)

明·沈际飞:"雁柱"二句,摹弹筝神。"锁"字入此处工甚。(《草堂诗余》正集卷一)

明·潘游龙:"锁"字入此处,甚有致。(《精选古今诗余醉》卷一四)

清·许昂霄:玩后四句,乃是忆弹筝之人而作,非咏弹筝也。(《词综偶评》)

清·黄苏:"一一"字,从"频"字生来,"春莺"语,从"得意"字生来。前一阕,写得意时情怀,无限旖旎。次一阕,写别后情怀,无限凄苦,胥于筝寓之。凡遇合无常,思妇中年,英雄末路,读之皆堪下泪。(《蓼园词选》)

浪淘沙

肠断送韶华①。为惜杨花。雪球摇曳逐风斜。容易著人容易去,飞过谁家。　　聚散苦咨嗟。无计留他。行人洒泪滴流霞②。今日画堂歌舞地,明日天涯。

【题解】

《安陆集》调下题为"杨花"。

【注释】

①韶华:美好的时光,此指春光。戴叔伦《暮春感怀》诗:"东皇去后韶华尽,老圃寒香别有秋。"

②流霞:神话传说中的仙酒名。典出王充《论衡》:"有仙人数人,将我上天,离月数里而止……口饥欲食,仙人辄饮我以流霞一杯,每饮一杯,数月不饥。"后又泛指美酒。李白《幽歌行上新平长史兄粲》诗:"狐裘兽炭酌流霞,壮士悲吟宁见嗟。"

望江南

香闺内,空自想佳期①。独步花阴情绪乱,谩将珠泪两行垂。胜会在何时②。　　厌厌病,此夕最难持。一点芳心无托处,荼蘼架上月迟迟③。惆怅有谁知。

【题解】
《花草粹编》卷五调下题为"闺情"。

【注释】
①空:《彊村丛书》本作"只"。

②胜会:佳会,盛会。张又新《三月五日陪大夫泛长沙东湖》诗:"从今留胜会,谁看画兰亭。"

③荼蘼:亦作"酴醾"。高濂《草花谱》:"荼蘼花,大朵色白,千瓣而香。诗云:'开到荼蘼花事了。'为当春尽时开了。"苏轼《杜沂游武昌以酴醾花菩萨泉见饷》诗:"酴醾不争春,寂寞开最晚。"

山亭宴

湖亭宴别

碧波落日寒烟聚,望遥山、迷离红树。小艇载人来①,约尊酒、商量歧路。衰柳断桥西②,共携手、攀条无语。水际见鹭鸶③,一对对、眠沙溆④。　　西陵松柏青如故⑤。剪烟花、幽兰啼露。油壁间花骢,那禁得、风吹细雨⑥。饶他此后思量,总莫似、当筵情绪。镜面绿波平,照几度、人来去。

174

【题解】

此词据《西湖志》卷四〇补录。湖亭即湖堂,在杭州。周密《武林旧事》卷五:"湖堂,旧在耸翠楼侧,又有集贤亭,今并不存。"耸翠楼旧为众乐亭,政和中,改名丰乐楼。

【注释】

①"小艇"句:用莫愁艇子来故事。详见《虞美人》(苔花飞尽汀风定)注③。

②断桥:桥名,在西湖孤山东。早在唐朝断桥就已经建成,宋代称保佑桥,元代称段家桥。在西湖古今诸多大小桥梁中,它的名气最大。断桥之名得于唐朝。其名由来,一说孤山之路到此而断,故名;一说段家桥简称段桥,谐音为断桥。

③凫鹥:水鸟。鹥,鸥鸟。凫,野鸭。《诗经·大雅·凫鹥》篇云:"凫鹥在泾,公尸来燕来宁。"

④沙溆(xù):沙洲临水处。王融《渌水曲》:"日霁沙溆明,风泉动华烛。"

⑤西陵:桥名,孤山西北尽头处,是由孤山入北山的必经之路。南朝名妓苏小小墓地在此桥附近。古乐府《钱塘苏小小歌》云:"何处结同心,西陵松柏下。"周密《武林旧事·孤山路》:"西陵桥,又名西林桥,又名西泠桥,又名西村。"

⑥"剪烟花"三句:语出李贺《苏小小歌》:"幽兰露,如啼眼。无物结同心,烟花不堪剪。草如茵,松如盖。风为裳,水为佩。油壁车,夕相待。冷翠烛,劳光彩。西陵下,风吹雨。"

西江月

忆昔钱塘话别①,十年社燕秋鸿②。今朝忽遇暮云东。对坐旗亭说梦③。 破帽手遮西日④,綀衣袖卷寒风⑤。芦花江上两衰翁。消得几番相送⑥。

此词《花草粹编》卷三依《翰墨全书》作无名氏。《安陆集》、知不足斋本调下题为"赠别"。

【注释】

①钱塘:杭州城的古称。

②社燕秋鸿:燕子和大雁都是候鸟,但在同一季节里飞的方向不同。此喻刚见面又离别。

③对坐:知不足斋本、《彊村丛书》本作"坐对"。旗亭:酒楼。

④西日:知不足斋本、《彊村丛书》本注:"一作'斜日'。"西,《花草粹编》作"红"。

⑤绤(shū):古代一种像苎布的稀疏的织物。《陈书·姚察传》:"吾所衣著,止是麻布蒲绤。"范成大《桂海虞衡志》:"绤子,出两江州洞,大略似苎布。有花纹者,谓之花绤。"

⑥消得:禁得起。

【汇评】

明·沈际飞:言者听者俱苦。(《草堂诗余》续集卷上)

又

赠寄

肃肃秪侯清慎①,温温契苾知诗②。能推恻隐救民饥③。况乃义方教子④。　　宪府两飞鹗荐⑤,士林竞赋怀辞。天门正美可前知⑥。入侍钧天从此⑦。

【题解】

此词诸本未收,赵万里《校辑宋金元人词·宋金元名家词补遗》据《永乐大典》卷一四三八一"寄"字韵引《张子野词》补录。所寄何人,不详。

【注释】

①肃肃:严正的样子。《诗经·小雅·黍苗》:"肃肃谢功,召伯营之。"郑玄笺:"肃肃,严正之貌。"班固《十八侯铭·御史大夫汾阴侯周昌》:"肃肃御史,以武以文,相赵距吕,志安君身。"秺(dù)侯:秺,古地名。《汉书·功臣表》:"秺侯商丘成",王先谦补注:"秺,济阴县。"又,《金日磾传》:"以讨莽何罗功,封日磾为秺侯。"此借指"救民饥"、"义方教子"之人。

②温温:柔和貌。《诗经·小雅·宾之初筵》:"宾之初筵,温温其恭。"契苾(bì):敕勒诸部之一,隋唐时居焉耆西北。贞观六年归唐。《新唐书·回鹘传》:"契苾,亦曰契苾羽,在焉耆西北鹰娑川,多览葛之南,其酋哥楞,自号易勿真莫贺可汗,帝莫贺咄特勒,皆有勇。莫贺咄死,子何力尚纽率其部来归,时贞观六年也。诏处之甘、凉间,以其地为榆溪州。"

③恻隐:同情。《孟子·公孙丑上》:"今人乍见孺子将入于井,皆有怵惕恻隐之心。"

④义方教子:以行事应遵守的规矩法度教子。《左传·隐公三年》:"石碏谏曰:'臣闻爱子,教之以义方,弗纳于邪。'"

⑤宪府:御史所居之署,汉代称为御史府,也称宪台。此指御史。杜甫《哭长孙侍御》诗:"礼闱曾擢桂,宪府屡乘骢。"鹗荐:指推举有才能的人。语出孔融《荐祢衡书》:"鸷鸟累百,不如一鹗。使衡立朝,必有可观。"后遂称荐举人才为鹗荐,荐书为鹗书。苏轼《次韵王定国谢韩子华过饮》诗:"亲嫌妨鹗荐,相对发微沚。"

⑥天门:宫殿门。杜甫《宣政殿退朝晚出左掖》诗:"天门日射黄金榜,春殿晴曛赤羽旗。"

⑦钧天:《吕氏春秋·有始》:"中央曰钧天,其星角、亢、氐;东方曰苍天,其星房、心、尾。"高诱注:"钧,平也,为四方主,故曰钧天。"后因以称帝王之宫。苏轼《潮州韩文公庙碑》:"钧天无人帝悲伤,讴吟下招遣巫阳。"

诗

编年诗

赠妓兜娘

往岁吴兴守滕子京席上,见小妓兜娘,子京赏其佳色。后十年再见于京口,绝非顷时之容态,感之作。

十载芳洲采白蘋①,移舟弄水赏青春②。当时自倚青春力,不信东风解误人。

【题解】

此诗录自《两宋名贤小集·张都官集》。赵令畤《侯鲭录》卷二:"张子野云:'往岁吴兴守滕子京席上,见小妓兜娘,子京赏其佳色。后十年再见于京口,绝非顷时之容态,感之作。'"《全宋诗》卷一七〇、一七四误读《侯鲭录》此则,以此为滕宗谅作。滕子京,即滕宗谅,于宝元二年(1039)知吴兴,康定元年(1040)十月离任。以此推算,后十年当为皇祐元年(1049)。京口,即今江苏镇江。古为学子进京赶考渡过长江的地方,因此得名。此诗与《南乡子》(何处可魂消)词同作于皇祐元年。

【注释】

①芳洲采白蘋:吴兴有白蘋洲,因白蘋花而名。白居易《白蘋洲五亭记》:"湖州城东南二百步,抵霅溪,连汀洲。洲一名白蘋。梁吴兴守柳恽于此赋诗云:'汀洲采白蘋。'因以为名也。"

②"移舟"句:详见《泛清苕》(绿净无痕)注⑦。

润州甘露寺

丞相高斋半草莱①,旧时风月满亭台。地从日月生时见,眼到江山尽处回。三国是非春梦断，六朝城阙野花开。心随潮水漫漫去，流遍烟村半日来。

西溪无相院

积水涵虚上下清，几家门静岸痕平。浮萍破处见山影①，小艇归时闻棹声②。入郭僧寻尘里去，过桥人似鉴中行。已凭暂雨添秋色，莫放修林碍月生③。

②小:《苕溪渔隐丛话》前集卷三七作"野"。棹:《苕溪渔隐丛话》前集卷三七、《安陆集》、《宋诗纪事》卷一二作"草"。

③林:《安陆集》、《宋诗纪事》卷一二作"芦"。

【汇评】

元·方回:此东坡所称三、四一联。子野诗集《湖州》有之,近亡其本。(《瀛奎律髓汇评》卷四七)

清·冯班:不独三、四好,五、六亦好。(《瀛奎律髓汇评》卷四七)

清·冯舒:此公一生只会用"影"字。(《瀛奎律髓汇评》卷四七)

清·查慎行:三、四小巧而鲜新。(《瀛奎律髓汇评》卷四七)

清·纪昀:三、四有致,宜为东坡所称,然气象未大,颇近诗余。五句作意而笨。(《瀛奎律髓汇评》卷四七)

清·潘德舆:张子野《湖州西溪》诗:"浮萍断处见山影,野艇归时闻草声。"上句佳,却似词;下句不佳,尚是诗,个中消息当参。(《养一斋诗话》卷五)

吴江

春后银鱼霜后鲈①,远人曾到合思吴。欲图江色不上笔,静觅鸟声瀑在芦。落日未昏闻市散,青天都净见山孤②。桥南水涨虹垂影③,清夜澄光照太湖④。

【题解】

此诗录自《两宋名贤小集·张都官集》。《安陆集》此首题下注云:"《吴兴艺文补》题曰:'游松江。'"松江,吴淞江的简称,是太湖最大之支流。张先此诗可能不是作于宰吴江时。诗题一作"游松江",疑为张先庆历八年(1048)后道经松江时作。

【注释】

①银鱼:亦名白鱼,细嫩透明,色泽如银。属吴江名产。后:《安陆集》

作"下"。鲈：鲈鱼。范成大《吴郡志·土物》："鲈鱼生松江，尤宜鲙，洁白松软，又不腥，在诸鱼之上。江与太湖相接，湖中亦有鲈，俗传江鱼四鳃，湖鱼止二鳃，味辄不及。秋初，鱼出吴中，好事者竞买之，或有游松江就鲙之者。"《晋书·张翰传》载：张翰字季鹰，吴郡吴人，齐王冏辟为大司马东曹掾。冏时执政，因见秋风起，乃思吴中鲈脍与莼羹，遂命驾而归。故后遂以鲈脍为思乡之辞。下句"远人曾到合思吴"，暗指此典故。

②净：《安陆集》作"尽"。

③"桥南"句：指垂虹桥。苏舜钦《中秋松江新桥对月和柳令之作》："月晃长江上下同，画桥横截冷光中。云头艳艳开金饼，水面沉沉卧彩虹。佛氏解为银色界，仙界多往玉华宫。地雄景胜言不尽，但欲追随乘晓风。"桥，《张都官集》作"墙"。

④"清夜"句：范成大《吴郡志·桥梁》载：垂虹桥"东西千余尺，前临太湖洞庭三山，横跨松江"，故云。照，《安陆集》作"合"。

【汇评】

清·翁方纲：张子野《吴江》七律，于精神丰致，两擅其奇，不独《西溪无相院》之句脍炙人口也。《过和靖居》诗亦绝唱。（《石洲诗话》卷三）

飞石岩

石破重岩万客疑，不堪攻玉不支机①。长江风雨来无定，时学零陵燕子飞②。

【题解】

此首录自《永乐大典》卷九七六四"岩"字韵引《张子野诗集》。飞石岩在兴州（今陕西略阳）长举县西，上有飞石阁，为自陕入蜀必经之地。皇祐五年（1053）十月，张先自长安入蜀，此诗即是入蜀途中所作。

【注释】

①攻玉：将玉石琢磨成器。《诗经·小雅·鹤鸣》："它山之石，可以攻

玉。"朱熹集传："两玉相磨不可以成器,以石磨之,然后玉之为器,得以成焉。"支机:指支机石,传说为天上织女用以支撑织布机的石头。《太平御览》卷八引刘义庆《集林》："昔有一人寻河源,见妇人浣纱,以问之,曰:'此天河也。'乃与一石而归。问严君平,云:'此支机石也。'"宋之问《明河篇》:"更将织女支机石,还访成都卖卜人。"

②零陵燕子:用石燕飞典故,出郦道元《水经注·湘水》:"东南流,径石燕山东,其山有石,绀而状燕,因以名山。其石或大或小,若母子焉。及其雷风相薄,则石燕群飞,颉颃如真燕矣。"

飞仙岭

　　路接晓天人近月,真仙去后只云归[①]。岭头旧曰上升日,空有山禽自在飞。

【题解】

　　此首录自《永乐大典》卷一一九八一。《永乐大典》本卷"飞仙岭"条下注云:"《元一统志》:在旧兴州东二十余里,有阁道百余间,横之半空,即入蜀大路也。此路旧从西县过,经由沮水,宋太平兴国五年,移改于是岭。杜少陵有题《飞仙阁》诗云:'土门山行窄,微径缘秋毫。栈云阑干峻,梯石结构牢。'又《武兴集》载徐佐卿化鹤跧泊之地,故曰飞仙岭。宋《赵清献公集·和六弟过飞仙岭》:'云岭观游讵肯劳,飞仙岭过稳翔翱。道风仙骨朝真去,未必不缘功行高。'《徂徕集》:'入蜀牵吟景象浓,云山万叠与千重。痴岩顽壑无奇观,不似飞仙数朵峰。'"北宋时,岭上有阁。张方平《飞仙岭阁》诗:"苍崖老树云萝合,绝涧惊湍阁路高。羽驾飙轮殊惚恍,依程缓辔未为劳。"张先此诗为皇祐五年(1053)赴蜀道中作。

【注释】

　　①真仙:指徐佐卿,唐时蜀人,自称青城山道士。相传唐时天宝十三年,徐佐卿于此化鹤仙去,因名飞仙岭。

漫天岭

不独高明不可谩，仍知不似泰山安。五丁破道秦通蜀①，
却被行人脚下看。

【题解】

此诗录自《永乐大典》卷一一九八〇"岭"字韵引《张子野诗》。《永乐大典》本卷于"漫天岭"下注云："《图志》：在广元州东北十五里，宋乾德间伐蜀，兵由此入。《舆地纪胜》：在利州。《长编》卷二五云：乾德二年王师伐蜀。蜀主烧绝栈道，退保葭萌，遂击金山寨，蜀人退保大漫天寨。拔其寨，追奔至利州北。蜀将王昭远等退保剑门，王全斌等入利州。"利州，北宋咸平四年（1001）置路，治所在兴元府（今陕西汉中）。曹学佺《蜀中名胜记·广元县》："又北三十里，有大、小漫天，岭极高峻。"张先此诗也是皇祐五年（1053）自长安入蜀道中作。

【注释】

①五丁：神话传说中的五个力士。扬雄《蜀王本纪》："天为蜀王生五丁力士，能献山。秦王（秦惠王）献美女与蜀王，蜀王遣五丁迎女。见一大蛇入山穴中，五丁并引蛇，山崩，秦五女皆上山，化为石。"又，郦道元《水经注·沔水》："秦惠王欲伐蜀而不知道，作五石牛，以金置尾下，言能屎金。蜀王负力，令五丁引之成道。"

将赴南平宿龙门洞

此心常欲老林丘，去意徘徊夜更留。万客只贪门外过，
少人知有洞中游。春来犹见龙孙出①，静里微闻石乳流。洞

水送花通阁底,寺钟催月落岩头。暂时清梦生危枕,明日浓尘拥敝辀。南是符阳北长举②,所嗟不属古江州。

【题解】

此首录自《永乐大典》卷一三〇七四"洞"字韵引《张子野诗》。《永乐大典》本卷于"龙门洞"下注云:"《保宁志》:'龙门洞在四川保宁府绵谷县北,有三洞。自朝天程入谷十五里,有石洞,及第二、第三洞,有水自第三洞发源,贯通二洞,流水出,下合嘉陵江。'"南平,即今重庆。北宋时为夔州路南平军。张先此诗为至和元年(1054)春将至渝州时作。

【注释】

①龙孙:笋的别称。梅尧臣《韩持国遗洛笋》诗:"龙孙春吐一尺芽,紫锦包玉离泥沙。"

②符阳:巴符关,在四川合江县南。顾祖禹《读史方舆纪要·四川·泸州合江县》:"符县,在县南,汉置县于此。《水经注》:汉建元六年,以唐蒙为中郎将,从万人出巴符关,即此。元鼎二年,始建符县。"长举:在陕西略阳西北,为陕西与巴蜀间之交通要道。

冬日郡斋书事

铃索声闲按牒稀①,怯寒肌骨望春晖。凝云垂地雪欲下,高树无风叶自飞。水落浅沙鱼队聚②,草枯幽陇鹿群归③。安人不信彤襜贵④,上相还家是锦衣⑤。

【题解】

此诗录自《永乐大典》卷二五三八"斋"字韵引《张子野诗》。此诗结句云"安人不信",当作于安州任上,时为嘉祐三年(1058)。

【注释】

①"铃索"句:意谓安陆郡事稀闲。范雍《安陆》诗:"安陆号方镇,江边

无事州。民淳讼词少,务简官政优。"又王得臣《麈史》卷下云:"安陆虽号节镇,当南北一统,实僻左无事之地。"铃索,系铃的绳索。翰林院以及将帅或州郡长官办事的地方为铃阁,有事或进出则拉铃索通报。韩偓《雨后月中玉堂闲坐》诗:"夜久忽闻铃索动,玉堂西畔响丁东。"

②鱼队:鱼群,鱼阵。陆龟蒙《江南秋怀寄华阳山人》诗:"鸟行沉莽碧,鱼队破泓澄。"

③鹿群归:祖无择《斋中即书南事》诗:"军垒无多事,朝晡且放衙。吏人如野鹿,公署似僧家。"

④彤襜(chān):红色车帷。李白《宣城九日闻崔四侍御与宇文太守游敬亭余时登响山不同此赏醉后寄崔侍御》诗:"彤襜双白鹿,宾从何辉赫!"

⑤"上相"句:意谓安陆入朝为相的人。如宋庠,安陆人,天圣二年进士,皇祐五年拜相。

吊二姬温卿宜哥

好物难留古亦嗟,人生无物不尘沙。何时宰树连双冢①,结作人间并蒂花。

【题解】

此首录自吴曾《能改斋漫录》卷一七。《安陆集》题作《营妓张温卿黄子思爱姬宜哥皆葬宿州城东过而题诗》,厉鹗《宋诗纪事》卷一二同。吴曾《能改斋漫录》"吊二姬温卿宜哥诗"条云:"宿州营妓张玉姐,字温卿,本蕲泽人。色技冠一时,见者皆属意。沈子山为狱掾,最所钟爱。既罢,途次南京,念之不忘,为《剔银灯》二阕(二词从略)。其后明道中,张子野先、黄子思孝先相继为掾,尤赏之。偶陈师之求古以光禄丞来掌榷酤,温卿遂托其家。仅二年而亡,才十九岁。子思以诗吊之:'人生第一莫多情,眼看仙花结不成。为报两京才子道,好将诗句哭温卿。'先是,子思有爱姬宜哥,客死舟中,遗言葬堤下,冀他日过此得一见,以慰孤魂。子思从之,作诗纳枢中。

其断章云：'恩同花上露，留得不多时。'二人皆葬于宿州（今安徽宿州）柳市之东。子野嘉祐中过而题诗云（诗从略）。"张先此诗约作于嘉祐四年（1059）。

【注释】

①宰树连双冢：化用干宝《搜神记·韩凭妻》故事。详见《怨春风》（无由且住）注④。

酬发运马子山少卿惠酥与诗

贡余应惜点为山①，绝唱兼遗致政官②。嵰地雪甜多不识③，吴山未食齿先寒④。

【题解】

此首录自《永乐大典》卷二二六四"苏"字韵引《张子野诗》。发运，指发运使。宋初置京畿东路水陆发运使，后专掌淮、浙、江、湖六路漕运，或兼茶盐钱政，先后于开封、真州、泗州等地置司。马子山，即马仲甫，庐江人，进士。曾知登丰县，为夔路转运使，徙使淮南，遂由户部判官为发运使。张、马二人酬唱约在嘉祐五年（1060）。

【注释】

①贡余：御膳赐及民间的称为贡余。此句说马仲甫惠赠的酥为贡余之物。

②绝唱：指马仲甫的赠诗。致政官：致仕官，张先自称。

③嵰（qiǎn）地雪甜：嵰为传说中之仙山，此比喻惠赠之酥味甜如仙山所产。王嘉《拾遗记·周穆王》："又进洞渊红蘇，嵰州甜雪。"齐治平校注："《御览》十二有'嵰州甜雪。嵰州去玉门三十万里，地多寒雪，霜露著木石之上，皆融而甘，可以为果也'等句，疑是此节佚文。"

④吴山：俗称城隍山。位于钱塘江北岸，西湖东南面，是西湖群山延伸

进入杭州城的成片山岭。

子山再惠诗见和因又续成子山
不以予不才两发章荐

清卿恩德重鳌山，诗寄闲栖白首官①。须信夜光谁可得②，玉龙沉睡玉渊寒③。

次韵蔡君谟侍郎寒食西湖

飞飞画楫绕花洲，霁雨浮花出岸流。谁广金明为水战①，自来银汉有霓舟②。行从使节春尤盛，住买吴山老未由。人迟归轩香接路，一分新月管弦楼。

此首录自《永乐大典》卷二二六四"湖"字韵引《张子野集》。蔡君谟,即蔡襄,治平二年(1065)二月知杭州,次年三月徙知应天府。《寒食西湖》诗见蔡襄《端明集》卷七。诗云:"山前雨气晓才收,水际风光翠欲流。尽日旌旗停曲岸,满潭钲鼓竞飞舟。浮来烟岛疑相就,引去山禽好自由。归骑不令歌吹歇,万枝灯烛度花楼。"张先此首作于治平二年寒食节。

【注释】

①金明:北宋时汴京有金明池,著名的皇家园林。园林中建筑全为水上建筑,池中可通大船,战时为水军演练场。亦每于此举行水上阅兵活动。孟元老《东京梦华录》卷七:"三月一日,州西顺天门外,开金明池、琼林苑,每日教习车驾上池仪范。"李濂《汴京遗迹志》卷八:"金明池在城西郑门外西北。周回九里余。周世宗显德四年欲伐南唐始凿,内习水战。宋太平兴国七年,太宗尝幸其池,阅习水战。"此指西湖寒食节竞渡。

②"自来"句:张先自注:"紫极真人乘霓舟,吹箫于银河之上。"

次韵清明日西湖

新火飞烟上柳梢①,天供好景助诗豪。江湖一处逢嘉月,溟海同时得巨鳌。白水更随春雨长,青云不及画楼高。千桡插羽鼙声动,十里惊雷夺暮涛②。

【题解】

此诗录自《永乐大典》卷二二六四"湖"字韵引《张子野集》。乃和蔡襄之作。蔡襄《清明西湖》诗云:"千顷平湖绿一遭,空城游乐自奢豪。画船争胜飞江鹢,翠巘都浮载海鳌。芳草堤边裙带短,柔桑陌上髻鬟高。楼前尽日闻歌笑,不管秋风卷怒涛。"吴自牧《梦粱录》卷二:"清明交三月节,前二日谓之寒食。京师人从冬至后数起,至一百五日(亦有至百三日、百四日),

便是此日,家家柳条插于门前,名曰明眼。"张先此诗作于《次韵蔡君谟侍郎寒食西湖》之后二日。

【注释】

①新火飞烟:唐宋习俗,清明前一日禁火,到清明节再起火,称为"新火"。此句化用杜甫《清明》诗句"朝来断火起新烟"。

②"千桡"二句:指西湖上的龙舟竞渡活动。陈元靓《岁时广记》卷二一引《越地传》:"竞渡起于越王勾践,盖断发文身之俗,习水而好战者也。"

九月望日同君谟侍郎泛西湖夜饮

清歌曲曲酒巡巡,一举金蕉五十分①。山影与天都在水,风光为月不留云。节回路口千门待,乐过湖心四岸闻。莫笑闲官奉欢席②,自来蒿艾近兰薰③。

【题解】

此诗录自《永乐大典》卷二二六四"湖"字韵引《张子野集》。作于治平二年(1065)九月十五日。

【注释】

①"一举"句下:张先自注:"奉府坐者四人。"金蕉,蕉叶形酒杯。详见《天仙子》(十岁手如芽子笋)注③。五十分,指夜饮时蔡襄外陪坐四人,共五人,每人酒杯都斟满十分。

②闲官:张先自谓,此时张先已以都官郎中致仕。白居易《赠吴丹》诗:"终当乞闲官,退与夫子游。"

③蒿艾:野草。此张先自谓。兰薰:香草,借指蔡襄。

属疾闻知府龙图与公辟大卿学士
八月十五游山泛湖夜归

此会隔年应有期,湖光分入六瑶卮①。谁知素魄当中夜②,正是迷魂未瘳时③。天竺好风吹桂子④,云潢清露湿槎枝⑤。人看使节忘看月⑥,灯烛千门闭户迟。

【题解】

此诗录自《永乐大典》卷八八四四"游"字韵引《张子野诗》。知府龙图,指祖无择。公辟大卿,指程师孟。据吴廷燮《北宋经抚年表》卷四载,熙宁元年(1068),程师孟以直昭文馆知福州,其与祖无择共游西湖,系赴福州途经杭州时事。张先诗即作于此时。

【注释】

①六瑶卮:指祖无择、程师孟等六人游湖宴饮。瑶卮,玉制的酒器,亦用作酒器的美称。

②素魄:月的别称。梁简文帝《京洛篇》:"夜轮悬素魄,朝光荡碧空。"孟郊《立德新居》诗:"素魄衔夕岸,绿水生晓浔。"

③迷魂未瘳:张先自谓,当时正属疾卧病中。

④"天竺"句:《咸淳临安志》载:灵隐有月桂峰,相传月中桂尝坠此峰,生成大树,其花白,其实丹。一说,天圣中,天降灵实于此山,状如珠玑,识者曰:"此月中桂子也。"

⑤槎枝:用木枝组成的筏,传说中来往于海上和天河之间的木筏。张华《博物志》卷一〇:"旧说云天河与海通。近世有人居海滨者,年年八月有浮槎去来,不失期,人有奇志,立飞阁于槎上,多赍粮,乘槎而去。十余日中犹观星月日辰,自后茫茫忽忽不觉昼夜。去十余日,奄至一处,有城郭状,屋舍甚严。遥望宫中多织妇,见一丈夫牵牛渚次饮之。牵牛人乃惊问曰:

'何由至此?'此人具说来意,并问此是何处。答曰:'君还至蜀郡访严君平则知之。'竟不上岸,因还如期。后至蜀,问君平,曰:'某年月日,有客星犯牵牛宿。'计年月,正是此人到天河时也。"

⑥使节:使者,亦用以称派驻一方的官员。此处指祖无择、程师孟,二人皆膺郡守之任。

和元居中风水洞上祖龙图韵

水色风光近使君①,浥尘轻雨逐车轮。暂来不宿宜无恨,多少行春不到人。

【题解】

此诗录自《咸淳临安志》卷二九。元居中,钱塘人,曾为归安县令,知台州、宿州,官至太常少卿。风水洞,《咸淳临安志·山川八》载:"在杨村慈岩院,院旧名恩德,有洞极大,流水不竭,顶上又一洞,立夏清风自生,立秋则止,故名。"祖龙图,即祖无择,治平四年(1067)十月,以龙图阁学士知杭州,熙宁二年(1069)罢。《两浙金石志》卷六定山慈岩院题名:"祖无择、沈振、元居中、张先,熙宁己酉(二年,1069)孟秋晦日偕游。"张先此诗即诸人游山时作。

【注释】

①使君:元居中《上祖无择》诗:"洞蔽深云远俗尘,山中曾未识朱轮。自从白傅来游后,三百年间又一人。"诗中"又一人"与张先诗中"使君",均指祖无择。

残句

愁似鳏鱼知夜永①,懒同蝴蝶为春忙。

此诗全篇已佚,仅存此二残句。叶梦得《石林诗话》卷下:"张先郎中能为诗及乐府,至老不衰。居钱塘,苏子瞻作倅时,先年已八十余,视听尚精强。家犹蓄声妓。子瞻曾以诗云:'诗人老去莺莺在,公子归来燕燕忙。'盖全用张氏故事戏之。先和云:'愁似鳏鱼知夜永,懒同蝴蝶为春忙。'极为子瞻所赏。"苏轼《题张子野诗集后》云:"张子野诗笔老妙,歌词乃其余技耳。《华州西溪》云:'浮萍破处见山影,小艇归时闻草声。'与余和诗云:'愁似鳏鱼知夜永,懒同蝴蝶为春忙。'若此之类,皆可以追配古人。"苏轼《张子野年八十五尚闻买妾述古令作诗》,作于熙宁七年(1074)。张先作此酬答。

【注释】

①鳏鱼:因鱼的眼从不闭上,所以比喻愁思不眠的人。刘熙《释名·释亲属》:"鳏,昆也;昆,明也。愁悒不寐,目恒鳏鳏然明也。故其字从鱼,鱼目恒不闭者也。"于武陵《长信宫》诗:"一从悲画扇,几度泣鳏鱼。"

醉眠亭

醉翁家有醉眠亭①,为爱江堤乱草青②。不听耳边啼鸟唤③,任教风外杂花零。饮酣未必过此舍④,乐甚应宜造大庭⑤。五柳北窗知此趣⑥,三间南楚漫孤醒⑦。

【题解】

此诗录自《两宋名贤小集·张都官集》。《安陆集》中此诗有注:"董遹周《吴兴艺文补》作张先诗,《至元嘉禾志》作王观诗。"此诗熙宁七年(1074)九月作于湖州。时苏轼、刘述、李常、陈令举及李行中均在湖州,诸人都作有《醉眠亭》诗。

【注释】

①醉翁:指隐逸文人李行中。李字无悔,本雪川人,徙居松江,不仕,以

诗酒自娱。醉眠亭：李行中家中所建亭，苏轼为亭题额"醉眠"，并赋《李行中秀才醉眠亭三绝》。当时苏辙、李常、陈舜俞、张先、秦观、晁端佑等文人，都有诗唱和。

②乱：《安陆集》作"口"，下注："《吴兴艺文补》此字缺，《至元嘉禾志》作'乱'。"

③唤：《张都官集》、《安陆集》作"乱"，此据《至元嘉禾志》改。

④未：《至元嘉禾志》作"何"。

⑤宜：《至元嘉禾志》、《安陆集》作"疑"。大庭：大庭氏，神话传说中远古时代氏族首领名，或以为古国名。《庄子·胠箧》："昔者容成氏、大庭氏、伯皇氏、中央氏、栗陆氏、骊畜氏、轩辕氏、赫胥氏、尊卢氏、祝融氏、伏羲氏、神农氏，当是时也，民结绳而用之。"

⑥五柳：指陶渊明。陶渊明《五柳先生传》："先生不知何许人也，亦不详其姓字，宅边有五柳树，因以为号焉。"北窗：用陶渊明典故，其《与子俨等疏》云："常言五六月中，北窗下卧，遇凉风暂至，自谓是羲皇上人。"

⑦三闾：指屈原，曾为三闾大夫，后被流放到沅湘等南楚之地。楚：本作"儵"，据《至元嘉禾志》、《安陆集》改。孤醒：独醒。《楚辞·渔父》："屈原曰：举世皆浊我独清，众人皆醉我独醒，是以见放。"

鲈香亭

霓舟忽舣鲈鱼乡，槎阁却凌云汉域①。
但怪鲈乡一旦成②，分却松江半秋色③。

【题解】

此诗录自吴曾《能改斋漫录》卷五，全篇已佚，仅存此四断句。鲈香亭，即鲈乡亭，"香"为"乡"之误。在江苏吴江东垂虹桥南。亭旁曾有春秋时越国的范蠡、晋代的张翰、唐代的陆龟蒙画像。苏轼有《戏书吴江三贤画像》诗，因此称亭为"三高亭"。熙宁三年（1070）在垂虹桥南建鲈乡亭，将范蠡等三人的画像，临摹于鲈乡亭内，榜曰"松陵三高"。此四断句，当是鲈乡亭建成后作。

【注释】

①槎阁：详见《属疾闻知府龙图与公辟大卿学士八月十五游山泛湖夜归》注⑤。

②"但怪"句：指建成鲈乡亭。

③松江：吴淞江之简称，为太湖最大之支流。

酬周开祖示长调见索诗集

辨玉当看破石诗①，泥沙有宝即山辉。都廛往往无真璞②，误使人评鼠腊归③。

【题解】

此首录自《永乐大典》卷八九九"诗"字韵引《张子野诗》。周开祖，即周邠，钱塘人，周邦彦的叔父。嘉祐八年（1063）进士，熙宁中，任钱塘令，元丰中，为溧水令，曾通判寿春，仕至朝请大夫、轻车都尉。张先暮年在杭州颇久，多与周邠交游唱和。此诗当作于熙宁（1068－1077）年间。

【注释】

①辨玉：辨别玉的好坏与估计价格。《周礼·天官·冢宰》："玉府，上士二人，中士四人，府二人，史二人，工八人，贾八人，胥四人，徒四十有八人。"疏曰："有贾者，使辨玉之善恶贵贱故也。"破石：王充《论衡》："贤士之行，善恶相苞。夫采玉者破石拔玉，选士者弃恶取善。"

②都廛（chán）：都邑。

③鼠腊：腊制的老鼠。比喻有名无实的人或事物。典出《尹文子·大道下》："郑人谓玉未理者为璞，周人谓鼠未腊者为璞。周人怀璞谓郑贾曰：'欲买璞乎？'郑贾曰：'欲之。'出其璞视之，乃鼠也。因谢不取。"

佚题

池上飞桥亭外山，野禽偷静上钩栏。晚花露重香偏细，春女衣轻体尚寒。曲水略殊今日事^①，南湖曾奉昔人欢^②。郡图可许增新致，几处模传画样看。

此地旧口南湖口，是越王弟曾分主兹土，南湖即王弟赏口，尚有当时亭口观材存焉^③。

【题解】

此首录自岳珂《宝真斋法书赞》卷一一。《宝真斋法书赞》载有张先诗帖二首，称《张子野诗藁帖》。此首前有《韵和上，先顿首》六字，注云"行书藁本，第一帖六行，第二帖七行，前题一行，纸损不存"。末载关演、关注两跋。关演跋云："张子野在熙宁间致政，来往杭、雪两郡，是时东坡先生、杨元素、李公择为守、倅，陈令举、柳子玉皆在，盖一时文章之巨公也。子野年八十余，视诸公为文人行。东坡次韵《春画》一篇，推仰之意至矣。此卷有'池上飞桥亭外山，野禽偷静上钩栏'。又《射弓》诗云：'弦声应手裂竹响，旗影翻风戏鸟飞。'绝类张文昌也。每展卷，想见其多才潦倒，良可秘护尔。庚戌(1130)十二月吉，雪溪老人关演子长。"关注跋云："东坡《祭张郎中》文云：'微词宛转，盖诗之裔。'谓其精于诗词也。此书风流蕴藉，又诗词之余波云。建炎四年(1130)十二月初七日，会稽关注书。"又岳珂跋云："帖以粉笺，字迹已半磨落，二关子长、子东跋语具焉。绍定戊子(1228)三月，得之高平范氏。"关跋距张先之卒才五十二年，纸尚未损，至岳珂于绍定戊子重得，又九十八年，故字迹脱落，诗题遂损而不存。张先此二诗皆和韵，但不知何人首唱。据关注跋，似皆熙宁(1068－1077)间，来往杭、雪两郡时与人酬唱之作。

【注释】

①曲水:代指修禊。典出王羲之《兰亭集序》:"永和九年,岁在癸丑,暮春之初,会于会稽山阴之兰亭,修禊事也。群贤毕至,少长咸集。此地有崇山峻岭,茂林修竹;又有清流激湍,映带左右,引以为流觞曲水,列坐其次。"修禊,古代习俗,于三月上旬巳日(三日)到水边嬉游,以除不祥。

②南湖:在杭州东城,南宋时张镃于此建南湖园。

③"此地"四句:旧注:"'旧'字、'湖'字、'赏'字、'亭'字下,具有阙文。"难以卒读,所录疑有误讹,此处暂仍其旧。越王弟,不详。

射弓

射艺功多暮未疲①,欲将庭火继西晖。弦声应手裂竹响,旗影翻风戏鸟飞。竟日中支矜互胜,傍人如睹见方稀。不知双烛沙河上②,谁得牛心一割归。

师望有"双烛沙河引骑归"之句③,昔王凯有牛名八百里駮,与王济对射赌之,一发中的,遂探牛心,一割而去④。

【题解】

此首录自岳珂《宝真斋法书赞》卷一一。注云:"前题纸损,惟存一'射'字。"关演《张子野诗薽帖跋》题作《射弓》,今从之。此首与前《佚题》当作于同时。

【注释】

①射艺:射箭的技艺,为儒家六艺之一。宋时朝廷与地方郡守每行射弓之礼。

②沙河:沙河塘。详见《河满子》(溪女送花随处)注③。

③师望:不详。

④"昔王凯"五句：典出刘义庆《世说新语·汰侈》："王君夫(恺)有牛，名'八百里驳'，常莹其蹄角，王武子(济)语君夫：'我射不如卿，今指赌卿牛，以千万对之。'君夫既恃手快，且谓骏物无有杀理，便相然可，令武子先射。武子一起便破的，却据胡床，叱左右：'速探牛心来！'须臾炙至，一脔便去。"八百里，意谓善于奔驰。驳，毛色斑驳的马。《周书·齐炀王宪传》："太祖尝赐诸子良马，惟其所择，宪独取驳马。"

未编年诗

吴兴元夕

朱屋雕屏展,红筵绣箔遮。傍云灯作斗①,近树彩成花。风月胜千夜,笙歌如一家②。人丛妨过马,天色误啼鸦。铜漏春声换,银潢晓影斜。楼前山未卸③,火气烘朝霞。

【题解】

此首录自《永乐大典》卷二〇三五四"夕"字韵引《张子野诗》。元夕即上元,正月十五。

【注释】

①"傍云"句:元夕张灯的盛况。宋俗于正月十五日张灯,十七日收灯,称为三夜灯,也有延至十八日的,称四夜灯。汴京以外,温、杭、湖、苏、益各州张灯也很兴盛。斗,星斗。

②"笙歌"句下:张先自注:"予尝梦作《吴兴上元》诗,独记此句。因思谢灵运梦作'园柳变鸣禽'而成'池塘生春草'之篇,当时灵运自谓神助。予今所得亦不由采抉,诚出于自然,惜其不录,因补成六韵焉。"

③"楼前"句:元夕张灯结彩,称为结山楼;收灯拆彩,称为拆山楼。

巢乌

乌啼东南枝①,危巢雏五六。心在安巢枝,一日千往复。脱网得群食,入口不入腹。穷生俾反哺,岂能报成育②。

【题解】

此诗录自《两宋名贤小集·张都官集》。《永乐大典》卷二三六四"乌"

字韵中,此诗紧承鲍溶诗下,题作《巢乌行》。

【注释】

①南枝:《安陆集》作"南林"。

②"穷生"二句:传说乌能反哺其母,以报养育之恩,故称慈乌。白居易《慈乌夜啼》诗:"慈乌失其母,哑哑吐哀音。昼夜不飞去,经年守故林。夜夜夜半啼,闻者为沾襟。声中如告诉,未尽反哺心。"

落花

花落春禽啼晚枝,有时香蒂点人衣。多情尽不如蝴蝶,欲起遗红贴地飞。

【题解】

此首录自《永乐大典》卷五八三九"花"字韵引《张子野集》。原诗失题,但其前潘阆诗题为"落花",应是承上而省,故据此而补。

李少卿宅除夜催妆

纳裴婿虞部

裴李门头车马盛①,斗杓临晓欲东回②。天真都说妆前好,春色偷从夜半来。园里花枝灯树合,月中人影鉴奁开。诗家无自矜吟笔,不惜铅华不用催。

【题解】

此首录自《永乐大典》卷六五二三"妆"字韵引《张子野诗》。李少卿、裴虞部,不详。宋各寺长官称大卿,副长官称少卿。虞部,官署名,属工部。设判部事一人,以无职事朝官充任,无职掌。催妆,旧俗新妇出嫁,必多次催促,始梳妆启行。孟元老《东京梦华录·娶妇》谓凡娶媳妇"先一日或是日早,下催妆冠帔花粉,女家回公裳花幞头之类"。张先作此为催妆词,于成婚前夕以词催新妇梳妆。除夜催妆,则定于元日成婚。

【注释】

①裴李:唐代元和间裴度、李夷简同时为相,门庭甚盛。此处用以比喻李、裴二家联姻。

②斗杓:即斗柄。北斗七星中,第五至第七颗星,形如酒斗之柄,是古人用以定时间和季节的依据。王安石《作翰林时》诗:"欲知四海春多少,先向天边问斗杓。"

过和靖隐居

湖山隐后家空在,烟雨词亡草自青。

【题解】

此诗录自严有翼《艺苑雌黄》,仅存一联。胡仔《苕溪渔隐丛话》后集卷二一"西湖处士"条引《艺苑雌黄》云:"张子野《过和靖隐居诗》,一联云:'湖山隐后家空在,烟雨词亡草自青。'注云:'先生尝著《春草曲》,有"满地和烟雨"之句,今亡其全篇。'予按杨元素《本事曲》有《点绛唇》一阕,乃和靖草词,云:'金谷年年,乱生春色谁为主?余花落处,满地和烟雨。   又是离歌,一阕长亭暮。王孙去,萋萋无数,南北东西路。'此词甚工,子野乃不见其全篇,何也?"和靖,即宋初处士林逋。他隐居于杭州西湖孤山北麓,终身不娶不仕,以植梅养鹤为乐,人称"梅妻鹤子"。

【汇评】

清·陈廷焯:子野《吊林君复》诗:"烟雨词亡草更青",蔡君谟《寄李良定》诗:"多丽新词到海边",此则一篇之工,见之吟咏。然亦其人并非专家,故不惜以一篇之工,艺林传播。(《白雨斋词话》卷六)

图书在版编目（CIP）数据

张先诗词全集 / 邱美琼，胡建次编著.
—武汉 ：崇文书局，2018.1(2020.4 重印)
（中国古典诗词校注评丛书）
ISBN 978-7-5403-4850-2

Ⅰ．①张…
Ⅱ．①邱… ②胡…
Ⅲ．①古典诗歌－诗集－中国－北宋
Ⅳ．① I222

中国版本图书馆 CIP 数据核字（2017）第 306116 号

张先诗词全集【汇校汇注汇评】

策划编辑	王重阳
责任编辑	郭晓敏
责任校对	董　颖
封面设计	甘淑媛
责任印制	田伟根

出版发行　长江出版传媒｜崇文书局
地　　址　武汉市雄楚大街 268 号 C 座 11 层
电　　话　(027)87293001　邮政编码　430070
印　　刷　湖北恒泰印务有限公司
开　　本　880mm×1230mm　　1/32
印　　张　7.125
字　　数　190 千字
版　　次　2018 年 1 月第 1 版
印　　次　2020 年 4 月第 2 次印刷
定　　价　28.00 元

（如发现印装质量问题，影响阅读，请与承印厂调换）